우리 반 인터넷 소설가

푸른도서관 36

우리 반 인터넷 소설가

초판 1쇄 / 2010년 4월 10일
초판 7쇄 / 2018년 4월 20일

지은이 / 이금이
펴낸이 / 신형건
펴낸곳 / (주)푸른책들
등록 / 제321-2008-00155호
주소 / 서울특별시 서초구 양재천로7길 16 푸르니빌딩 (우)06754
전화 / 02-581-0334~5 팩스 / 02-582-0648
이메일 / prooni@prooni.com 홈페이지 / www.prooni.com
카페 / cafe.naver.com/prbm 블로그 / blog.naver.com/proonibook

글 ⓒ 이금이 | 그림 ⓒ 이누리, 2010

ISBN 978-89-5798-213-6 03810

이 도서의 국립중앙도서관 출판시도서목록(CIP)은 서지정보유통지원시스템 홈페이지(http://seoji.nl.go.kr)와
국가자료공동목록시스템(http://www.nl.go.kr/kolisnet)에서 이용하실 수 있습니다.
(CIP제어번호: CIP2010000681)

(주)푸른책들은 도서 판매 수익금의 일부를 초록우산 어린이재단에 기부하여
어린이들을 위한 사랑 나눔에 동참합니다.

우리 반
인터넷 소설가

이금이 지음

푸른책들

차례

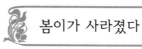

봄이가 사라졌다

봄이가 결석한 지 나흘째다. 결석 첫날 봄이네 집으로 전화를 할 때까지만 해도 나는 봄이가 무단결석을 할 아이라고는 꿈에도 생각하지 않았다. 병결이라면 집에서 먼저 연락이 왔을 테니 등굣길에 사고가 난 게 분명했다. 전화를 받은 가사 도우미라는 아주머니도 봄이가 학교에 갔다고 했다.

"봄이 담임인데 봄이 어머님 좀 바꿔 주세요."

봄이 엄마는 출장 가는 봄이 아빠와 동행해 외국에 갔는데 금요일에나 돌아온다고 했다. 동생도 함께 가 그동안 봄이 혼자 집에 있을 거라고 했다. 나는 잠시 머릿속의 공백기를 거친 뒤 제정신으로 돌아왔다. 봄이 역시 어디로 튈지 모르는 그 또래 아이란 사실을 간과했다. 봄이의 결석은 정황으로 보아 부모의 부재를 틈탄 준비된 계획이 분명했다.

올해는 생각지도 않았던 애가 뒤통수를 치고 있다. 결석이 하루로 그칠 것 같지 않은 불길한 예감이 들었다. 나쁜 예감은 언제나 잘 맞았다.

"봄이 보시면 담임한테 전화 좀 꼭 하라고 전해 주세요."

내 부탁에 도우미 아주머니가 자기는 일주일에 두 번밖에 안 오는 데다 봄이가 학교에 간 다음에 와서 돌아오기 전에 가니 만날 일이 없다고 했다. 사실을 말하는 것일 텐데 꼬박꼬박 말대꾸하는 아이를 대하는 것처럼 짜증이 났다.

재단 이사장과 인척 관계인 학년부장은 내가 아이들을 느슨하게 풀어 두니 1학기 기말고사를 앞두고 무단결석생이 생기는 거라며 못마땅해했다. 그러면서 봄이한테 혹시 무슨 일이 일어나도, 지난밤 야간 자율학습까지 다 마치고 다른 아이들과 똑같이 하교를 했으니 학교는 책임이 없다고 선을 그었다. 결석생으로 인해 반 분위기가 흐트러지는 일이 없도록 철저하게 지도 감독 하라면서, 학교는 방황하는 1인이 아니라 학교의 이름을 빛내거나 적어도 더럽히지 않을 아이들을 위해 존재하는 조직임을 강조했다.

봄이는 예상대로 다음 날도 오지 않았다. 그동안 파악한 봄이는 크게 일을 저지를 만한 아이는 아니었다. 일시적인 일탈

일 것이다. 교사인 나도 가끔씩은 출근길에 어디론가 떠나고픈 충동을 받는데 아이들이야 오죽할까 싶었다. 그렇더라도 결석 일수는 줄여 보고자 봄이와 친한 아이들과 개별 면담까지 했으나 연락이 닿는다는 아이가 한 명도 없었다. 날마다 어울려 지내던 아이들이 봄이에 대해 아무것도 모른다는 사실이 미심쩍기는 했지만 2주 뒤로 다가온 기말고사 탓이려니 했다. 오히려 봄이의 결석과 연루된 아이가 없는 것 같아 안심이 됐다.

집에 왔다는 봄이 엄마와 통화를 한 것은 오늘 5교시가 끝난 뒤였다. 봄이가 결석 중이라는 게 믿기지 않는 기색이었다. 계속 학교에 다닌 흔적이 집 안 곳곳에 남아 있다는 것이다. 당연히 학교를 빠진 애가 집에서 놀지는 않았을 것이다. 부모들이란 자기 아이의 일이라면 판단력을 잃기 일쑤인 존재라는 것 또한 11년차 교사로서 알게 된 사실이다.

"그동안 봄이하고 하루에 한 번씩 통화를 했는데 그런 기색이 조금도 없었거든요. 그리고 이번에 봄이도 데리고 가려고 했는데 학교 빠지면 안 된다고 혼자 집에 있겠다고 한 애예요. 그런 애가 무단결석이라니 말도 안 돼요. 혹시 학교에서 무슨 일이 있었던 건 아닌가요, 선생님?"

내가 그랬던 것처럼 봄이 엄마 역시 봄이가 무단결석을 했다는 게 믿기지 않을 것이다. 그렇다고 해도 빌미를 제공한 사람이 학교 탓을 하다니 적반하장도 유분수다. 이런 엄마들 때문에 학년부장이 책임의 소재를 명확히 하려는 것이다.

"그런 일 없습니다, 어머니. 월요일 야자까지 아무 일 없이 다 하고 집에 갔거든요."

문제는 집을 비운 부모님 탓이라니까요. 그 말까지는 차마 하지 않아도 눈치를 채야 하는 건데, 봄이 엄마는 반에서 봄이와 친한 아이가 누군지 물었다. 나는 혹시라도 봄이 엄마가 열심히 시험공부 중인 아이들을 귀찮게 할까 봐, 이미 다 알아봤음을 말하고 이번 봄이의 결석에 대해서는 아는 아이가 없음을 분명히 했다. 하지만 봄이 엄마는 여전히 딸의 결석을 받아들이지 못했다.

"어머님은 봄이가 그럴 리 없다고 생각하시지만 어디로 튈지 모르는 게 아이들이에요. 담임을 하다 보면 별의별 아이들을 다 봐요. 반에서 일 등 하는 애도 어느 날 학교 오다 피씨방으로 새는 경우도 있어요. (그러니 성적도 신통찮은 봄이 같은 애야 학교에 안 올 이유가 충분하지요.)"

괄호 속의 말은 봄이 엄마를 위로하기 위해서가 아니라 나 자신에게 부끄럽지 않기 위해 하지 않았다.

봄이 엄마는 한참 동안 같은 말을 반복하며 진을 빼놓고서야 전화를 끊었다. 고1 엄마들은 주워들은 정보의 경중을 가리지 못한 채 수험생 엄마로서의 의지만 충천할 때여서 자신의 아이가 야자를 한 번만 빠져도 인생을 망치는 지름길로 들어선 양 난리법석을 떨기 마련이다. 봄이의 현재 성적을 봐서는 이번 일탈이 2년 뒤 치르게 될 입시에 그다지 큰 영향을 끼칠 것 같지는 않다. 가끔, 아주 가끔 눈부신 도약을 하는 아이들이 있기도 하지만 대부분은 1학년 때 성적이 수능 때까지 이어지기 마련이다.

그런 걸 알 리 없는 봄이 엄마는 이번 일로 아이의 인생이 달라질 것처럼 호들갑을 떨 것이다. 하지만 나는 오늘로 끝이 날 게 분명한 봄이의 결석을 가지고 그 애 엄마와 더 이상 소모전을 벌이고 싶지 않아 서둘러 통화를 끝냈다.

어떤 시간은 길기도, 짧기도 하다

6교시 시작종이 울리자 교무실과 복도가 조용해졌다. 수업 종을 핑계로 전화를 끊었지만 사실은 빈 시간이다. 휴대전화가 진동했다. 봄이 엄마 같아서 안 받으려다 슬쩍 번호를 보니 고등학교 동창 주희였다. 대학교를 졸업한 뒤 곧바로 결혼해 벌써 초등학교 3학년짜리 아들을 둔 친구다. 오래간만에 친구와 수다를 떨며 스트레스를 푸는 것도 좋겠다고 생각하며 전화를 받았다.

"오랜만이다. 잘 지냈어?"

"너 소연이 소식 들었어?"

내 인사엔 대꾸도 하지 않고 주희가 다짜고짜 물었다.

소연이란 이름은 지난 5년 동안 내 앞에서 금기처럼 여겨지던 단어였다. 그런 이름이 거침없이 불리는 것을 보니 큰일이 생긴 게 틀림없다. 연락을 끊은 지 5년이 됐으니 어떤 일이라도 일어날 만한 기간이다. 그리고 어떤 감정이라도 누그러들고, 어떤 상처라도 아물 만한 시간이기도 하다. 그런데도 내 목소리는 뾰죽해졌다.

"내가 걔 소식을 어디서 들어?"

전화를 걸었던 때의 기세와는 달리 잠시 망설이던 주희가 조심스레 말했다.

"너, 놀라지 말고 들어. 소연이 재혼한댄다."

노처녀로 남아 있으면서 내 자존심을 지키는 길은 친구들의 결혼 소식을 최대한 의연하게 받아들이는 것이다. 상대가 소연 이라면 더더욱.

"난 또 무슨 큰일이 났다고. 하여간 재주도 좋아. 남은 한 번 도 못하는 결혼을 두 번씩이나 하고. 그것도 자랑이라고 너한 테 연락했디?"

내 목소리에 야유와 조롱이 가득 찼다고 해도 그건 순전히 소연이, 제 탓이다.

"며칠 전에 전화가 왔어. 다음 주 일요일에 한대."

"너, 갈 거야?"

내 질문에 눈치를 보는 주희의 모습이 전화기 너머로 보이는 듯했다. 주희와 나는 대학 1학년 때 소연이를 만나 삼총사처럼 몰려다니다 주희가 결혼한 뒤로는 소연이와 내가 단짝이 됐다. 물론 그 일이 있기 전까지 말이다.

"글쎄, 안 가는 것도 그렇잖아."

주희에게는 나나 소연이나 같은 비중의 친구라는 사실이 서운했지만 내색하지 않으며 말했다.

"나보고 같이 가자느니 하는 말은 하지 마라. 대신 축의금은 낼 테니 전해 줘."

첫 결혼 때는 축의금도 보내지 않았다. 결혼을 두 번 하는 인생이 노처녀의 삶보다 나을 것 없다는 생각에 그만한 아량이라도 생긴 것이다. 잠시 침묵 뒤에 주희 목소리가 들려왔다.

"그런데……, 영준 씨랑 한대."

순간 숨이 턱 막히는 것 같았다. 그 뒤 어떻게 전화를 끊었는지도 모르겠다.

가슴이 동굴처럼 텅 비었다가, 그 가슴속에 강렬한 회오리바람 같은 것이 휘몰아치기 시작했다. 5년간 가슴 밑바닥에 눌러두었던 기억을 풀어헤치기까지는 5초도 채 걸리지 않았다.

사정없이 솟구쳐 오르려는 기억들과 사투를 벌이다가 밤을 맞기까지 다시 5년은 지난 것 같았다. 집에서 혼자 그 감정들과 씨름하느니 야자 감독으로 학교에 남아 있게 된 것이 차라리 다행이었다.

학년부장의 책상 위에서 전화가 울렸다. 교무실엔 나 혼자 있었다. 아무하고도 상대하고 싶지 않아 버텼지만 전화벨은 나보다 끈질겼다. 수화기를 들었더니 봄이 엄마였다. 그녀는 계속 통화를 하고 있었던 것처럼 앞머리를 생략한 채 물었다.

"선생님, 혹시 우리 봄이가 학교에서 왕따 같은 걸 당하고 있는 건 아닌가요?"

근심이 가득한 목소리였다. 그사이 온갖 상상을 다 한 모양이다. 나는 그동안 자기 아이의 문제를 모두 남 탓으로 돌리는 부모들에게 물릴 대로 물려 있었다.

"곰곰이 생각해 보니까 애가 집에 와서 친구 이야기를 거의 안 했던 거 같아요."

고등학생씩이나 돼 집에 가서 친구 이야기를 미주알고주알 늘어놓는 아이는 왕따가 아니더라도 없을 것이다. 나는 침묵함으로써 봄이 엄마의 추측에 호응하지 않았다.

"아이들이 우리 봄이를 왕따시킨 것 맞죠?"

그 말에 정신이 번쩍 들었다. 어리바리하게 굴다가는 다 담임 잘못으로 덤터기를 쓰는 수가 있다. 그제야 나는 단호하게 대꾸했다.

"왕따라니요. 절대 그런 일 없습니다, 어머니. 오히려 봄이는 아이들한테 인기가 좋은 편이에요."

그 말은 사실이었다. 나는 봄이가 아이들에게 둘러싸여 수다 떠는 모습을 종종 봐 왔다. 지나치다 얼핏 들은 내용으로 미루어 그렇고 그런 로맨스 소설이나 영화 이야기를 들려주는 것 같았다. 이야기를 맛깔나게 하는 재주가 있는 모양이었다. 나는 봄이 같은 애가 그런 재주라도 있어서 아이들과 잘 어울리는 사실을 늘 다행스러워하고 있었다.

"그러니까요. 우리 애가 성격도 좋고 배려심도 많고 해서 어디서나 잘 어울리는 편이거든요. 그런데 그런 친구가 며칠씩 결석을 하는데, 조금이라도 안다는 아이가 한 명도 없다는 게 이상하잖아요."

봄이 엄마가 자기 아이한테는 아무런 문제가 없는데 담임이나 다른 아이들이 문제라고 말하는 것 같아 기분이 상했다. 부모가 없는 사이에 저질러진 봄이의 결석에 대해 혼자 애를 끓이고, 학년부장에게 들볶이고, 아이들과 면담하느라 씨름한 게 억울해진 나는 금세 목소리가 까칠해졌다.

"제가 이미 다 알아봤는데 학교에서는 아무 문제가 없어요."

남자 친구는 있느냐고 물어보려다가 말았다. 봄이의 모습이 떠올라서였다.

학기 초, 어김없이 교복과의 전쟁이 시작된 때였다. 안 그럴 것 같은 아이들도 경쟁하듯 줄여 입은 교복을 검사하던 중 봄이 차례가 됐다. 봄이 역시 교복의 유행을 따르고 있었다. 다른 것이 있다면 숨만 크게 쉬어도 단추가 떨어지고 솔기가 터질 만큼 꽉 끼는 교복이, 일부러 줄인 것이 아니라 교복 가게에서 가장 큰 치수였다는 사실이다.

"제 치수에 맞게 따로 맞췄는데 다음 주에나 나온대요."

그런 아이에게 남자 친구가 있느냐고 묻는 것 자체가 실례 인 것이다. 나는 질문 대신 한숨을 내쉬었다.

그때 나와 함께 야간 자율학습 당번인 송 선생이 감독을 끝내고 들어왔다. 시기적절한 출현이다. 나는 봄이 엄마가 무슨 말인가 하려는 것을 잘랐다.

"어머니, 저 야자 감독하러 가 봐야 하니까 봄이 집에 오면 직접 물어보세요. 아마 시간 맞춰서 아무 일도 없는 것처럼 들 어갈 거예요."

단언하며 전화를 끊는 순간, 실은 내가 그동안 찜찜함을 애써 외면하고 있었다는 사실을 깨달았다. 아무리 시험을 앞두었 다고 해도 봄이의 결석에 대해 안다는 애가 하나도 없는 것은 정말 이상한 일이다.

그거다! 불현듯 떠오른 생각에 나는 벌떡 일어섰다. 이것들이 지금 한통속인 것이다. 그사이 녀석들은 엄마에게 학교에 남아 시험공부를 한다고 거짓말하고 봄이를 만나 놀았을 수도 있고, 과외를 핑계로 야자를 빼먹고 어울렸을 수도 있다. 아프다고 조퇴한—열도 있고 기침도 하긴 했지만—놈도 의심스럽다.

이것들이 나를 감쪽같이 속이고! 나는 1학년 야자 감독의 본분을 잠시 잊은 채 우리 반으로 달려가 문을 열어젖혔다.

가슴속에 떨어진 물방울 하나

아이들의 눈이 모두 내게 쏠렸다. 방어할 틈을 주어서는 안 된다. 어리둥절해할 때 기습 공격으로 기선을 제압해야 한다.

"너희들, 봄이 학교 빠지고 어디서 뭐하는지 알고 있지? 좋게 말할 때 이실직고들 해."

나는 목소리에 힘을 잔뜩 주었다. 순간 교실에 에어컨 바람과는 느낌이 다른 싸한 냉기가 흘렀다. 그리고 그 냉기의 입자들이 단단히 뭉쳐 아이들과 나 사이를 벽처럼 가로막는 것을 느낄 수 있었다. 직감대로 녀석들이 한통속이 돼 시치미를 떼고 있었던 것이다. 그걸 까맣게 모르고 있었다니. 너무 믿었던 게 탈이다.

"이것들아, 난 너희들 머리 꼭대기에 있어! 너희들, 뭐 감춰 주고 하는 게 우정인 줄 착각하고 있는데, 아니거든. 아는 거 있으면 순순히 불어. 김다인, 네가 말해 봐."

나는 봄이의 짝인 다인이를 지목했다.

"진짜 몰라요. 지난번에도 말씀드렸잖아요."

다인이가 큰 눈을 깜빡이며 요즘 여자아이들에게 보기 드문 상냥한 목소리로 대꾸했다. 저 얼굴에 저런 목소리로 말하는 다인이의 이야기는 모두 진실일 것만 같다.

나는 회장인 송주에게로 화살을 돌렸다.

"회장, 너한텐 무슨 이야기 없었어?"

"네. 아무 말 못 들었어요. 죄송합니다."

송주가 회장의 책무를 다하지 못한 것에 대해 자책하는 얼굴로 말했다. 송주는 열일곱 살이 아니라 스물일곱 살이라도 되는 것처럼 항상 의젓한 모습이다.

"손가슬, 너 어제 병원 갔던 거 맞아?"

"오늘 진단서 제출했잖아요."

가슬이는 왜 딴소리냐는 표정을 노골적으로 드러냈다.

"윤서연, 그저께 과외 받은 거 진짜야?"

"네. 수요일마다 과외 받는 거 아시잖아요."

아이들은 꿈쩍도 하지 않았다. 봄이와 아이들의 관계가 이 정도로 끈끈한 줄은 몰랐다.

나는 방법을 바꿨다. 저희들이 아무리 단단히 짰다 해도 아직 어린아이들이니 마음을 건드리면 한둘쯤은 걸리는 놈이 있을 것이다.

　"너희들, 같은 반 친구한테 어떻게 그렇게 무심할 수가 있어. 친구가 며칠째 결석을 하고 있는데 걱정도 안 돼? 솔직히 나 몰라라 하고 있어서 그렇지 조금만 신경 쓰면 봄이하고 연락할 수 있을 거야. 공부도 중요하지만……."

　"선생님이 지난번에 봄이 결석에 동요하지 말라고 하셨잖아요. 그래서 저희들 지금 열심히 공부하고 있는데요."

　전교 3등으로 우리 반 평균을 올려 주고 있는 혜나가 새침한 얼굴로 내 말을 자르며 끼어들었다. 당돌하긴 해도 틀린 말은 아니어서 잠시 주춤하고 있는데,

　"선생니임, 결석한 건 봄인데 왜 저희를 혼내고 그러세요. 봄이한테 계속 문자 해 보고 있으니까 답장 오면 말씀드릴게요."

하고 미나가 애교 섞인 목소리로 말했다. 혜나와 미나는 우리 학년 2대 얼짱이다. 이기적이고 까칠한 혜나에 비하면 성적은 좀 뒤져도 미나가 훨씬 더 인간미가 있다. 봄이와 가깝게 지내는 것만 봐도 그렇다.

　맞다. 열심히 공부하고 있는 애들한테 내가 지금 무슨 짓을

하고 있는 거지. 그놈의 소식 때문에 정신이 나간 거다. 나는 정신을 추슬렀다.

"아무튼 봄이에 대해서 알고 있는 거 말 안 하고 있다가 걸리면 알아서들 해."

나는 담임으로서 최소한의 권위를 유지할 만한 경고를 남기고 돌아섰다. 교실 문을 여는 순간 장마를 예고하는 눅눅한 열기가 온몸에 끼쳐 들었다. 교실로 달려올 때는 느끼지 못했던 열기였다.

"담탱이 오늘 왜 저러냐?"

"냅 둬. 그날이든지, 전 남친한테 청첩장이라도 받았나 보지."

문을 채 닫기도 전에 들려온 소리에 나는 피식 웃고 말았다. 평소에는 나의 정당한 훈계나 화까지도 노처녀 히스테리로 몰아가 기분 나쁘게 하는 녀석들이지만 오늘만큼은 족집게다.

주희로부터 걸려 온 전화는 바로 내 전 약혼자가 내 전 친구와 결혼한다는 소식이었다. 오랫동안 나를 괴롭혔던 분노, 원망, 질투, 고통 등을 꽁꽁 가둬 둔 상자 뚜껑이 다시 열릴까 봐나는 얼른 생각을 다른 곳으로 옮겼다. 나는 지금 물속처럼 고요하게 가라앉은 학교의 복도를 걷고 있다. 아이들이 떠드는 소리가 들리지 않는 고즈넉한 복도가 좋다. 내가 학교를 가장 좋아할 때는 지금처럼 아이들이 없는 듯이 조용할 때거나 아예 없을 때다. 이런 시간이 있어, 그동안 아이들이 악머구리 떼처럼 떠들어 대는 것을 견뎠는지도 모르겠다.

1학년 교실이 있는 2, 3층을 한 바퀴 돌고 교무실로 돌아오니 세상의 습기를 모두 빨아들인 것처럼 온몸이 무거웠다. 젖은 빨래처럼 의자에 몸을 걸치며 앉는데 책상 위에 캔 음료가 놓여 있는 것이 보였다. 방금 자판기에서 꺼낸 듯 물기가 맺혀 있었다. 캔에서 흘러내린 물방울 하나가 내 가슴에 풍당! 하고 떨어졌다. 지옥 구덩이 같은 가슴속에서 그렇게 맑은 여운을 남기는 소리가 들려올 수 있다는 게 스스로도 신기했다. 그런데 가슴속에 떨어진 물방울이 작은 파문을 일으켰다.

나는 송 선생 자리를 돌아다보았다. 무언가에 열중하고 있는 듯한 뒷모습이 눈에 들어왔다. 작년에 부임한 그는 한창 남자에게 관심 많은 여학생들은 물론, 미혼인 여교사들 사이에서도 인기가 많은 사람이었다. 나는 일곱 살이나 어린 송 선생을 바라보는 일 자체만으로도 눈이 부셔 애써 관심을 두지 않았다. 그런데 내 가슴이, 작년 그가 처음 교무실을 들어서는 순간 느꼈던 설렘을 기억하고 있다가 캔 음료 하나에 떨리기 시작한 것이다. 하지만 나는 음료수에 대해 동료로서 건넨 호의 이상의 의미는 부여하지 않기로 했다. 영준과 소연의 결혼 소식만으로도 나는 이미 너무 비참해 있기 때문이다.

송 선생의 호의에 부합하는 무심한 마음으로 목을 축이자고 각오하며 캔을 집어 드는데 A4용지 묶음이 눈에 들어왔다. 수행평가 과제물 마감일이 어제였으니 늦게 걷은 반에서 내가 자리를 비운 틈을 타 갖다 놓은 모양이었다. 뭐야, 그럼 음료수도 애들이 갖다 놓은 건가 보네. 두근거림이 실망으로 바뀌었다. 너무 선명한 감정이어서 그 마음을 누가 들여다보기라도 했을까 봐 귓불이 화끈거렸다. 나는 얼른 과제물로 관심을 돌렸다.

'그래. 잔소리하기도 귀찮은데 없을 때 갖다 놓길 잘했다.'

나는 서랍에 넣어 두었다 나중에 읽기 위해 캔 대신 A4용지 묶음을 집어 들었다. 계획은 야자 감독인 오늘 과제물 평가를 하려고 했는데 지금은 전혀 그럴 기분이 아니다.

그런데 얼핏 '10336'이라는 숫자가 눈에 들어왔다. 1학년 3반이면 우리 반이고 36번이면 주혜다. 담임한테 잔소리 듣는 시간까지도 아까워하는 아이니 점수에 들어가는 수행평가 과제물도 당연히 제때에 냈다. 1점에도 예민한 아이라 먼저 것이 마음에 안 들어 다시 냈나 싶어 들여다보았다.

10336

그 애가 사라졌다.

첫 문장은 그렇게 시작했다. 수행평가 과제물이 아니었다. 인터넷에서 베끼는 것을 최소한이라도 막기 위해 직접 필기하게 했는데 이 글은 컴퓨터로 작성한 것이다. 게다가 이번 국어 과목 수행평가 주제는 '내 인생의 롤모델로 삼고 싶은 인물에 대한 가상 인터뷰 20제'였다.

그런데 난데없이 '그 애가 사라졌다.'로 시작하다니. 그 애가 누군데 사라졌다는 거야. 그 순간 퍼뜩 떠오르는 생각이 있었다. 가만, 혹시 우리 반 봄이? 그럼 봄이에 대해 무언가 알고 있는 혜나가 다른 아이들 앞에서 이야기하면 눈총을 받을까 봐 이렇게 글로 쓴 걸까? 다음 문장이 내 눈에 들어왔다.

하마 같은 덩치가 사라지자 교실이 훤해진 것 같다.

내 추측이 맞는 것 같다. 우리 반에서 하마 같은 덩치라고 불릴 만한 아이는 봄이밖에 없기 때문이다. 혜나 같은 애가 봄이 같은 애와 친할 리 없다. 그러니 봄이 때문에 반 분위기가 조금이라도 흐려지는 것도, 담임한테 잔소리를 듣는 것도 싫었을 것이다. 이미 써 놓고 망설이다가 조금 전의 일 때문에 열을 받아서 갖다 놓은 게 분명하다. 나는 속으로 쾌재를 부르며 다음 문장을 읽기 시작했다.

게다가 저녁마다 늘어놓던 허풍 떠는 소리를 듣지 않게 돼 속이 다 시원하다. 주제에 남친이라니. 우리 반에서 순정만화 같은 그 애의 연애담을 사실이라고 믿는 아이는 하나도 없다. 체육 시간에 볼과 배와 엉덩이의 살을 출렁거리며 달리는 그 애의 모습을 한 번이라도 보았다면 절대 그 애 말을 믿을 수 없을 것이다.

간혹 그 애에 대해 귀엽다거나 착하다거나 하는 식으로 한껏 잘 봐주는 아이도 있지만 그건 칭찬할 것 없는 아이한테 동정을 베풂으로써 자기만족을 느끼는 오지랖 넓은 애들의 짓일 뿐이다. 그 애한테 대학생, 그것도 잘생긴 남자 친구가 있다는 게 말이 되는 이야기일까? 재벌 딸이라면 혹시 몰라도 말이다. 아니, 그것도 결혼할 나이에나 가능한 일일 것이다.

그 애는 지금쯤 남친이 아니라, 저 같은 찌질이 친구들과 어울려 노래방이나 피씨방을 전전하고 있을 게 분명하다.

첫 장은 거기에서 끝이 났다. 나는 혜나의 까칠하고 냉소적인 목소리가 들려오는 듯해 웃음이 나왔다. '그 애'가 봄이인 게 맞는다면, 결석하고 남자 친구와 놀러 간다고 했나 보다. 아이들이 결사적으로 그 사실을 감춰 주는 상황에서 아무리 혜나라고 해도 공개적으로 밝히기는 쉽지 않았을 것이다. 머리 좋은 애답게 봄이의 'ㅂ' 자도 꺼내지 않으면서 하고 싶은 말을 다 써 놓았다.

예상했던 대로 봄이의 결석은 부모님이 안 계신 동안 벌어진 계획된 일탈 행위다. 그런데 남자 친구까지는 몰라도 잘생긴 대학생이라니, 허풍이 과했다. 의대에 가기 위해 잠자는 시간까지 줄여 가며 공부하는 혜나가 얼마나 어처구니없고 짜증이 났으면 시험을 앞두고 이런 글까지 썼을까. 나는 혜나의 심정을 이해하며 뒷장을 보았다.

그런데 이번엔 '10325'라는 숫자가 쓰여 있었다. 어라? 혜나 혼자 쓴 게 아닌가 보네. 25번이면 임경은이다. 경은이는 큼직큼직한 골격과 허스키한 목소리 때문에 중성적인 매력이 있는 애다. 회장 송주와는 또 다른 카리스마로 아이들을 휘어잡는 경은이를 좋아하는 애들도 많았다. 여자애들끼리 생활하다 보면 이런 애들이 은근히 인기 있는 법이다.

경은이가 쓴 글에는 봄이라는 이름이 직접적으로 등장했다. 이상한 일이었다. 수행평가 과제하는 것도 징징거리는 아이들이 누가 시키지도 않은 글을 자발적으로 쓰다니. 봄이를 주인공으로 해서 릴레이 소설이라도 쓴 걸까? 시험이 얼마나 남았다고 이 짓들인지 모르겠지만 봄이가 등장하는 정체를 알 수 없는 글은 흥미를 강하게 유발시켰다.

10325

　우리가 봄이의 연애 이야기를 처음 들은 것은 입학 뒤 열흘 만에 갔던 수련회에서였다.

　"우리 학교, 미친 거 아냐? 입학한 지 열흘 만에 수련회를 가는 학교가 어딨어?"

　누군가의 투덜거림처럼, 아직은 서로 아는 것도 모르는 것도 아닌 상태의 아이들과 2박 3일을 함께 뒹굴어야 한다는 건 우리 모두에게 어색하고 뻘쭘한 일이었다. 하지만 그 2박 3일이 앞으로 1년간, 어쩌면 3년 내내 자신의 인생에 어떤 영향을 끼칠지 우리는 잘 알고 있었다. 1년 동안 함께 화장실엘 가고 밥 먹을 친구를 만들어야만 하는 시간이기 때문이다. 그 무리에 끼지 못한다는 것은 1년을 왕따로 비치며 지내야 한다는 말과 같앉다.

우리는 왕따가 되는 것보다 남들에게 왕따로 보이는 것이 더 무서웠다. 같은 중학교에서 올라온 친구가 있는 아이들은 그 친구와 원수지간이 아니었던 이상 세상에 둘도 없는 사이라도 되는 양 붙어 다녔다. 우리는 그런 친구라도 있는 아이가 부러웠다.

오리엔테이션 성격의 수련회는 중학교 때 갔던 구르고 기어오르는 수련회보다는 덜 고됐지만 더 재미없고 밍밍했다. 개인의 의사는 깡그리 무시된 채 번호순대로 한 방을 쓰게 된 우리는 인맥 만들기라는 소기의 목적을 달성하기 위해 신경을 곤두세웠다. 하룻밤을 지내고 나자 서서히 라인이 형성되기 시작했고 둘째 날은 첫째 날에 비해 둘이나 셋씩 몰려다니는 아이들이 눈에 띄게 늘어났다.

둘째 날 밤, 장기 자랑 대회를 마치고 돌아와 씻고 옷을 갈아입느라 한바탕 소란을 떤 다음 잠자리에 들 때쯤 나는 계획한 것을 실행에 옮겼다.

"이제 본격적으로 고생문이 시작되는데 그냥 자기 억울하잖냐? 수련회다운 추억을 만들고 가야지."

나는 가방에서 소주가 담긴 생수 병을 꺼냈다. 아이들이 어떻게 가방 검사에서 걸리지 않았는지 감탄하는 눈초리로 나를 바라봤다. 한두 명은, 혹시 걸려서 벌점을 받는 일이라도 생길까 봐 못마땅해했지만 내색은 하지 않았다. 아직 자기 감정을 그대로 드러내도 좋을 만큼 서로를 파악한 것은 아니기 때문이다.

나는 종이컵에 술을 조금씩 담아 돌렸지만 원하지 않는 아이에게는 강요하지 않았다. 그리고 수련회의 마지막 밤을 주도했다.

"유치하긴 하지만 별로 할 것도 없으니까 진실 게임이나 하자. 하기 싫은 사람은 그냥 자도 돼."

그런 상황에서 먼저 자겠다고 하는 건 앞으로 투명인간으로 취급해 달라고 선포하는 것이나 마찬가지다. 몇몇 아이들이 걸려 맛보기에 불과한 질문을 받고 의례적인 수준의 대답을 했다. 속내를 털어놓기에는 아직 서먹한 사이인지라 진실 게임을 해도 분위기는 썰렁했다.

그때 걸린 아이가 봄이였다. 그 애와 친해지고 싶은 아이는 한 명도 없었을 것이다. 봄이 같은 아이는 죽을힘을 다해도 주목받는 인생이 될 수 없다. 최고로 잘돼 봐야 드라마의 예쁜 주인공 옆에 껌딱지처럼 붙어 다니며 주인공의 미모를 빛나게 해 주는 코믹 캐릭터 정도다. 드라마의 주인공처럼 뛰어난 미모라면 모를까 평균치인 우리들에게 봄이는 자신들의 용모를 하향평준화나 시킬 뿐 도움될 게 없었다. 아이들은 그런 봄이의 진실 따위에는 관심 없다는 분위기를 노골적으로 드러내고 있었다.

"첫 키스는 언제?"

먼저 걸렸던 아이가 물었다. 궁금해서라기보다는 '네가 키스는 해 봤겠냐?' 하는 조롱의 성격이 짙었다.

"작년 크리스마스 이브."

거침없는 대답은 분명히 봄이의 입에서 나온 것이었다.

예상을 깬 봄이의 말은, 앞서 나왔던 그저 그런 대답들에 늘쩍지근하던 방 안 공기를 순식간에 바꿔 버렸다. 눈꺼풀이 내려앉던 아이의 눈을 번쩍 뜨이게 했으며 벽에 비스듬히 기댔던 아이의 몸을 곧추세우게 만들었다.

"정말?"

"누구랑?"

"어디서?"

이 애 저 애 입에서 질문이 튀어나와 뒤섞였다.

"남자 친구랑 까를 다리에서."

첫 번째 대답보다 충격적인 내용이었다.

"남자 친구라고? 너 남친 있어?"

질문하는 아이뿐 아니라 나머지 여덟 명도 똑같이 도저히 믿을 수 없다는 표정이었다. 물론 나도 마찬가지였다. 봄이가 대답할 새도 없이 다른 애가 끼어들어 물었다.

"까를 다리? 그게 뭔데?"

"정말 남친 있어?"

"있으니까 키스를 했지."

"진짜?"

"그렇다니까."

"까를 다리가 뭐냐구."

"프라하에 있는 다리야."

프라하가 체코의 수도라는 것쯤은 누구나 알고 있었다. 하지만 봄이 입에서 나온 프라하는 외계에 있는 낯선 곳처럼 여겨졌다. 누군가 간신히 제정신을 찾아 물었다.

"프라하? 체코 수도?"

"그래, 맞아. 그리고 카프카가 태어난 곳."

"'변신' 쓴 카프카?"

"그래. 너도 '변신' 읽었어?"

봄이가 반색을 하며 물었다. 아는 체했던 아이는 머쓱한 표정으로 제목만 안다고 했고, 다른 아이가 대꾸했다.

"주인공이 벌레로 변하는 이야기잖아. 독서 논술 시간에 읽었는데, 짜증나."

"나는 재밌었는데……. 카프카는 내가 가장 좋아하는 작가야."

카프카의 이름을 말할 때 봄이의 표정은 연인에 대해 말하는 것처럼 환해졌다.

"카프칸지, 스카픈지는 됐고, 그 다리, 이민혁이 하는 카메라 광고에 나오는 다리 맞지?"

누군가 한 말에 아이들은 비로소 프라하의 까를 다리라는 곳을 머릿속에 그릴 수 있게 됐다.

"그래, 거기 맞아. 작년 크리스마스 이브에 그 다리에서 남자 친구랑 첫 키스를 했어."

봄이의 말에 잠시 동안 정적이 흘렀다. 봄이의 이야기를 어떻게 받아들여야 할지 너나 할 것 없이 당황하고 있었던 것이다.

작년이라면 중학생 땐데 겨우 중딩이 한강 다리도 아니고, 프라하에 있다는 다리에서 크리스마스 이브에 남친과 키스를 하다니. 더구나 봄이가, 봄이 같은 애가! 누군가 보통 아이들보다 두 배는 됨직한 면적을 깔고 앉아 있는 봄이를 보며 웃음을 터뜨렸다. 그것이 신호가 돼 나머지 아이들도 봄이가 '속았지롱!' 하기 전에 먼저 알아차렸음을 알리기 위해 배를 잡거나 방바닥을 뒹굴며 웃었다. 하지만 봄이 입에서는 농담이었다는 말이 나오지 않았다. 오히려 단체로 방바닥을 구르며 웃는 우리를 이상하다는 듯이 바라보았다.

피오나 공주보다 더 못생기고 하마보다 더 뚱뚱한 애를 여친으로 삼아 키스를 하다니. 남자가 미치거나 장님이 아니고서야 어떻게 그럴 수가 있담. 그게 사실이라면 상대는 영원히 변하지 않을 개구리나 야수임에 틀림없다. 아니, 개구리나 야수가 아니라 애벌레라고 해도 사실일 수가 없다. 봄이가 우리 관심 끌려고 뻥을 치고 있는 거다. 나는 그 애의 속셈을 간파했다. 하지만 번지수를 잘못 짚었다. 아이들은 그렇게 호락호락하거나 너그러운 존재들이 아니다.

"혹시 니 남친 외국 사람이냐?"

한 아이가 한껏 봐준다는 목소리로 물었다.

미적 기준이 다른 외국 사람이라면 그럴 수도 있겠다. 그 외국 사람이 금발머리에 파란눈이라면 더 짜증나겠지만 믿어 줄 수는 있다.

"아니, 오빠는 한국 사람인데."

"오빠라고? 몇 살인데?"

"스무 살."

"뭐? 스무 살?"

"그럼 지금 대딩이란 말이야?"

"응. 1학년이야."

"어느 학론데?"

"한영대학교 경제학과."

아이들은 모두 어이없다는 표정으로 서로를 건너다보았다.

"뻥까고 있네."

우리 중 한 아이가 나머지 여덟 명의 마음을 대신해서 말했다. 처음부터 하고 싶었던 말이기도 했다. 만약, 만약에 그게 사실이라면 그 남자는 변태거나, 무슨 문제가 있거나, 아무튼 멀쩡한 사람은 아닐 것이다.

"진짠데. 그런 거짓말을 왜 해?"

"증거 있음 보여 줘 봐."

"증거? 사진 있는데 볼래?"

봄이가 휴대폰 속의 사진을 보여 주었다. 우리들은 앞다투어 머리를 들이밀었다. 세상에! 봄이의 남친이라는 게 절대로 믿겨지지 않는 잘생긴 남자가 휴대폰 액정화면 속에서 마치 커피 광고 모델처럼 분위기를 잡고 있었다.

대학생에다 이렇게 잘생기기까지 한 오빠가, 왜, 어째서 (우리들을 놔두고) 봄이 같은 애를! 우리 아홉 명의 배는 한 사람인 것처럼 동시에 아팠다. 심지어 원래는 자신의 애인이었던 남자를 봄이에게 뺏긴 기분이었다. 더해서 나는, 백배는 나은 내가 일찌감치 포기한 일상의 행운—남친, 데이트, 키스 등등—을 누리면서도 당연한 일인 것처럼 구는 봄이에게 질투를 넘어 강한 분노를 느꼈다.

내 꿈은 프릴이 달린 앞치마를 두르고 보기도 좋고 맛도 있는 요리로 예쁜 식탁을 차려 남편과 아이들과 오손도손 식사를 하는 현모양처다. 하지만 그 사실을 안다면 아이들은 조금 전 봄이에게 보냈던 조롱 못지않게 비웃을 것이다. 현모양처는 다인이 같은 애한테 어울리는 꿈이다. 우락부락한 얼굴과 걸걸한 목소리, 떡 벌어진 어깨와 큰 키를 가진 내게 주어진 역할은 언제나 분위기 메이커나, 행동대장이나, 일꾼일 뿐이다.

경은이의 글은 거기서 끝이 났다. 나는 한동안 멍해졌다. 내가 읽고 있는 내용이 사실인지 허구인지 혼란스러웠다. 경은이가 마음속에 그런 생각을 품고 있었다니. 어떤 남자가 경은이의 내면에 그런 마음이 감춰져 있다는 것을 알아줄지 걱정이 되다가 경은이의 솜씨로 보기에는 지나치게 잘 쓴 글 때문에 사실인지 의문이 들었다. 뒤죽박죽이 된 생각 속에서 아이들의, 뭔가 빼앗긴 것 같은 억울한 기분만은 뚜렷하게 이해할 수 있었다.

5년 전 나는 친구에게 약혼자를 빼앗겼다. 데이트하는 자리에 걸핏하면 소연이를 끼워 주었던 것은 그만큼 친해서이기도 했지만 그 애보다 내가 더 예쁘다는 자신감 때문이었다. 그런데 내 약혼자, 영준은 소연에게로 갔다. 그 계집애가 먼저 꼬리를 쳤거나 무슨 술수를 부렸을 것이다. 그렇지 않고서는 일어날 수 없는 일이었다. 약혼자와 친구를 동시에 잃은 나는 그 뒤로 다시는 남자를 사귀지 않았다.

잘못된 만남답게 그들은 얼마 뒤 헤어졌고, 소연이는 다른 남자와 결혼했다. 나는 그 생각을 파내고 싶어하면서도 가끔은 영준이 용서를 빌며 다시 내게 오는 상상을 하곤 했었다. 하지만 그런 일은 일어나지 않았고, 나는 엄마의 성화에 못 이겨 결혼 정보 회사에 프로필을 올려놓고 주말이면 맞선을 보러 다니는 처지가 됐다.

한 번 약혼했던―서류에는 남지 않았지만 마음에는 커다란 흔적을 남긴―이력과 35세라는 내 나이에 걸맞은 맞선남들은 머리가 벗겨지기 시작했거나, 배가 나왔거나, 언제 잘릴지 모르는 평범한 회사원들이었다. 조건이나 외모가 괜찮으면 내 연봉 액수나 정년퇴직이 언제인지를 더 궁금해했고, 그게 아니면 이혼남이라는 꼬리표가 붙어 있었다. 맞선 시장은 사람의 감정까지도 철저하게 등가교환으로 환산하는 씁쓸한 곳이었다.

내가 영준보다 괜찮은 남자를 만나기 위해 세월을 허비하고 있는 사이 그들은 여전히 역사를 쌓아 결혼까지 한다. 처음 그들이 눈이 맞았다는 것을 알았을 때보다 더 충격적이었다. 무엇보다 그들이 초혼과 재혼이라는 굴곡진 결혼을 함으로써 나를 배신한 것에 대해 자신들은 물론 주위 사람들로부터 면죄부를 받음과 동시에, 약혼녀와 친구를 배신한 추잡한 치정마저 지고한 순정으로 칭송받게 됐다는 사실이 분하고 억울했다. 저절로 주먹이 쥐어졌고, 그 주먹이 부르르 떨렸다.

내가 지금 무슨 짓을 하고 있는 거야? 나는 화들짝 놀라 생각 속에서 빠져 나왔다. 5년 전 일 따위로 다시 흔들리고 싶지 않았다. 나는 얼른 그 자리에 봄이를 들이밀었다. 여고생과 대학생이라니. 위험하기 짝이 없는 조합이다. 한쪽은 감수성이 넘쳐흐를 때고 한쪽은 자유가 주체할 수 없을 만큼 넘쳐 날 때다. 게다가 봄이처럼 남자들의 관심을 받기 어려운 아이는 아주 약한 유혹에도 흔들리기 십상이다. 하지만 이 글이 사실이라는 증거는 어디에도 없으니 이 또한 괜한 노파심일 수 있다.

나는 다음 장을 보았다. '10324', 이수지. 이 애야 말로 봄이 엄마가 걱정하는 왕따의 경험이 있는 애다. 중학교에서 올라온 생활기록부에 집단 따돌림으로 인한 문제가 있었던 걸로 기록

돼 있어 신경이 쓰였다. 하지만 1학기가 거의 다 지나가도록 별다른 기미가 없어 다행이라고 여기고 있는 중이었다.

10324

"언제 어디서 어떻게 만났는데?"

휴대폰 속의 얼짱 대학생이 봄이 남자 친구라는 사실을 도저히 받아들일 수 없다는 듯 아이들은 본격적으로 캐묻기 시작했다. 진실을 밝히고자 하는 결의가 용의자를 취조하는 수사관보다 더 드높았다.

"초등학교 사 학년 때 피아노 학원에서 처음 만났어. 피아노 경연대회에 함께 나가면서 친해졌고."

"너 그렇게 피아노를 잘 쳐?"

누군가 미심쩍은 목소리로 물었다. 피아노는 날씬하고 예쁜 여자가 희고 긴 손가락으로 쳐야 어울리는 악기다.

"대회에 나가서 장려상 탔을 정도의 실력? 그다지 잘 친다고는 할 수 없어."

봄이가 웃으며 말했다.

"무슨 곡 쳤는데?"

"음……, 슈베르트의 네 손을 위한 환상곡이었어."

"그거 둘이 치는 거잖아. 니 남친이랑 같이 쳤던 거야?"

피아노를 좀 쳐 본 듯한 아이가 물었다.

"그래. 오빠가 나랑 같이 치고 싶다고 해서 연습해서 나갔어."

"가만. 니가 사 학년이면 남친은 중학생인데, 중학생이 초딩이랑 같이 치고 싶다고 했단 말이야?"

어떤 아이가 지적했다.

"오빠는 그때 육 학년이었어. 난 너희들보다 한 살 더 많아. 외국에서 고등학교 다니다 왔거든."

"외국? 어디?"

"체코. 아빠 직장 때문에 초등학교 육 학년 때 갔다가 이번 일월에 돌아왔어."

"너 그럼 영어 잘해?"

누군가 믿기지 않는다는 목소리로 물었다.

"체코는 영어권 나라가 아니어서 그렇게 잘하진 못해. 국제 학교에 조금 다니다 체코 공립학교로 옮겼는데 거기서는 췌스

끼, 체코어를 쓰거든."

남친, 키스, 프라하, 카프카, 피아노……. 하나같이 봄이와는 어울리지 않는 단어들이었다.

"그럼 그 남친이랑 초딩 때부터 사귄 거야?"

잠시 곁길로 갔던 이야기가 다시 본론으로 돌아왔다.

"그건 아니고. 작년에 오빠가 수능 끝내 놓고 유럽 배낭여행을 했었어. 프라하에서는 우리 집에서 묵었는데 내가 안내를 해 줬어. 그때 오빠가 어릴 때부터 날 좋아했다면서 프러포즈 했어. 실은 나도 오빠가 좋았거든. 그때부터 사귀기 시작한 거야."

봄이 같은 애를 어렸을 때부터 좋아했다니! 또다시 정적이 흘렀다.

"너, 그럼 어릴 때는 안 뚱뚱했어?"

정적을 가른 그 질문은 내가 수련회 기간 동안 처음으로 입을 떼고 한 말이었다.

사실 나는 아이들 틈에 섞여 이야기하는 것이 서툴고 어색했다. 중학교 내내 혼자였기 때문이다. 내가 그렇게 된 것은 입학 초, 별 생각 없이 어떤 아이가 좋아하는 아이돌 그룹의 가수를 싫어한다고 해서였다. 하지만 선생님이나 부모님은 내 말을 믿지 않았다. 내게 왕따를 당할 만한 다른 문제가 있기 때문일 테니 그걸 고쳐 보라고 오히려 나를 설득하려 들었다. 내게 잘못

이 있다면 솔직했던 것과, 내가 싫어한 아이돌 가수를 좋아한 아이가 추종 세력을 거느린 영향력 있는 아이란 사실을 몰랐다는 것이다. 나는 끝내 어른들에게 그 사실을 납득시키지 못했고, 시간이 흐르는 동안 차츰 나 자신이 아니라 다른 사람들의 말과 생각을 믿게 됐으며, 결국 말문을 닫고 지내게 되었다.

그런 내가 질문을 한 것은 봄이를 무시하거나 상처 주기 위해서가 아니라 정말 궁금해서였다. 내게 주어졌던 가혹한 형벌이 어떻게 봄이 같은 애한테는 비껴갔는지, 정말 궁금해서 나도 모르게 나온 질문이었다. 그리고 짧은 침묵이 이어졌다. 나는 아차 싶었다. 아이들이 참고 있던 말을 나서서 꺼낸 것 때문에 또다시 혼자가 될 거라는 절망감에 빠지려는 순간 나는 여덟 명의 아이들이 내게 보내는 호의 가득한 시선을 느꼈다. 아이들은 자신들을 대신해 속 시원한 질문을 해 준 내게 고마워하고 있었던 것이다. 그걸 느끼는 순간 온몸에 전율이 흘렀다. 짜릿한 쾌감이었다.

"그건 왜?"

봄이가 바보처럼 되물었다.

"그냥, 궁금해서……."

이 바보야, 정말 모르겠어? 아이들은 지금 '하마처럼 뚱뚱하고, 코끼리처럼 무겁고, 곰처럼 미련해 보이는 너 같은 애한테 남친이, 잘생긴 대딩 남친이 있다니 그게 말이 돼?' 하고 외치고 싶은 거라고. 나는 1인이 아니라 9인에 속해 있는 행복함과 안도감을 만끽하며 속으로 혀를 찼다.

"난 한 번도 날씬한 적이 없었으니까, 어릴 때도 그랬겠지."

봄이가 대답했다.

아이들은 다시 입을 다물었지만 너나 할 것 없이 복잡한 표정이었다. 나는 그 표정을 읽을 수 있었다. 아이들이 억울함으로 분통 터져 죽지 않는 길은 봄이의 이야기가 모두 거짓이라고 믿거나, 봄이가 자기가 바라는 것을 진짜인 양 믿는 무슨 망상 같은 정신병에 걸린 거라고 여기는 것뿐이었다.

우리는 다음 날 수련회에서 돌아오자마자 가방도 풀기 전에 모든 인맥과 인터넷을 동원해 봄이의 흔적을 뒤지기 시작했다. 금쪽같은 일요일을 바쳐 봄이의 이야기가 거짓말 또는 과장이라는 증거들을 찾아내기 위해 총력을 기울였지만, 한국에서 중학교를 다닌 것도 초등학교를 졸업한 것도 아닌 데다 미니홈피도 없는지라 성과가 거의 없었다. 외국에서 살다 왔다는 것 자체가 거짓말이라는 주장도 제기됐지만 그 역시 증거를 찾기가 어려웠다.

결정적 증거를 찾아낸 것은 나였다. 사촌 언니가 한영대학교에 다니는 덕분이었다.

"한영대학교는 계열별로 모집해서 일 학년이면 인문학부, 경상학부 같은 식으로 부르지 경제학과라고 안 해."

나는 단박에 주요 정보원을 가진 중요한 존재가 됐다. 내 말이 다른 아이들에게 의미 있게 여겨지고 가치를 지닌 채 전달되는 경험은 눈물이 날만큼 행복한 일이었다. 내 말에 힌트를 얻은 누군가가 그 대학의 작년 입시요강을 뒤져 시험 일정상 봄이 남친이 크리스마스 때 유럽 여행을 할 수는 없다는 이야기를 했다. 나는 수시에 학과 지정 지원을 해서 합격했으면 모든 일이 가능하다는 사촌 언니의 말을 굳이 전하지 않았다.

"뻥을 치려면 제대로 칠 것이지."

"싸이도 블로그도 안 하는 것도 이상하지 않냐?"

"그러게. 저런 남친 있으면 싸이에 사진으로 도배를 하는 게 정상 아니야?"

"이야기도 어디 인터넷 소설 같은 거 보고 읊어 대는 게 뻔해. 스토리가 유치뽕짝이잖아."

인터넷 로맨스 소설의 대부분은 개연성과 설득력이 전무해 중학생만 돼도 유치해서 읽기 힘들다. 우리는 자신들이 그런 유치찬란한 초딩용 로맨스물에 넘어갈 만큼 수준이 낮지 않다는 사실에 기분이 좋아졌다.

게다가 예기치 않은 수확까지 얻었으니, 수련회에서 같은 방을 썼던 우리 아홉 명은 누가 보기에도 우정이 넘치는 사이가 됐다는 것이다. 담임은 우리 3조가 수련회의 취지를 가장 성공적으로 실현시켰다고 칭찬해 주었다. 그 칭찬이 순전히 봄이 덕분임을 알고 있는 우리는 고마움의 표시로 그 애에게 인터넷 소설가라는 칭호를 안겨 주었다. 물론 '뻥쟁이'라는 호칭의 다른 이름이었다.

수련회를 다녀와서 흐뭇한 마음으로 3조를 칭찬해 주었던 일이 떠올랐다. 그런데 한 아이가 빠진 3조였다니. 그리고 수지의 별 탈 없음이 그 자리에 다른 누군가를 제물로 끌어들인 덕분이었다니. 담임이면서 아무것도 모르고 있었다는 사실이 꺼림칙했다. 불안함이 스멀스멀 피어올랐다. 그런데도 봄이를 두둔하고 싶은 마음은 그다지 들지 않았다. 그동안 아이들에게 둘러싸여 수다를 떨던 게 이런 내용의 이야기들이었나 보다. 아이들과 잘 어울리는 것이 좋은 성격 덕이려니 하고 있었는데 이런 거짓말이거나 허풍 같은 이야기 때문이었다니, 오히려 실망스러웠다.

나는 봄이 같은 아이들의 심리를 잘 알았다. 무관심보다는 미움이라도 받는 것이 좋았겠지. 뭐, 봄이의 거짓말은 그동안 내가 봐 온 몇몇 병적인 거짓말에 비하면 애교스러운 것이다.

멀쩡하게 친아빠랑 살면서 새아빠가 자기한테 이상한 짓을 한다는 거짓말을 한 애도 있었고, 실은 부잣집 딸이면서도 반지하 방에서 사는 양 가장한 애도 있었고 그 반대의 경우도 있었다.

봄이는 자신의 거짓말에 관심을 갖는 아이들을 보며 쾌감을 느꼈을 것이다. 내일 학교에 나와 무슨 말을 해도 나는 속지 않을 것이다. 그 남자와 잤다고 해도, 그 남자의 아이를 임신했다고 해도 눈 하나 깜짝하지 않을 것이다. 거짓말을 하는 애들한테는 그게 약이다. 하지만 그렇게 생각해도 마음이 가라앉지 않았다. 나는 불안함에 의미를 부여하지 않기 위해 지금까지 아이들과 잘 어울리던 봄이를 떠올렸다. 피해자는 오히려 봄이의 거짓말에 놀아나 시험을 앞두고 이런 글이나 써 대고 있는 반 아이들일지도 몰랐다.

어찌됐든 이 글들의 정체가 무엇인지 다음 이야기가 궁금하다. 더 읽어 보면 진실을 알 수 있을 것이다. 종이를 넘긴 나는 번호부터 보았다. '10310'이라는 숫자를 보는 순간 갑자기 불이 들어온 듯 머릿속이 환해졌다. 나은성 번호였다.

'이 녀석이었어?'

나는 풋, 하고 웃음을 터뜨렸다.

그동안 흥미로우면서도 한편으론 미심쩍고 혼란스러웠던

점이 단숨에 풀려 버렸다. 그리고 불안함도 한순간에 해소됐다.

왜 그 생각을 못했지? 지금까지 읽은 장르 불명의 글은 우리 반 아이들이 이어가면서 쓴 것이 아니라 나은성 혼자서 쓴 작품이었던 것이다. 문체가 같은 것도, 의심 가던 아이들의 글솜씨도 그래서였던 거다.

은성이는 작가가 꿈인 아이로 문예창작과나 국어국문학과에 들어갈 경력을 쌓느라 벌써부터 각종 공모전과 백일장에 열심히 참가하고 있다. 취업 때나 필요하던 스펙 바람이, 수시니 입학사정관 제도니 하는 것들 때문에 고등학교는 물론 중학교에까지 휘몰아치고 있는 중이다.

며칠 전, 청소년 문예잡지 공모전에 낼 소설을 쓰는 중인데 나중에 한번 봐 달라고 하더니 이것인 모양이다. 그러니까 서두에 쓴 학번은 소설의 소제목인 셈이다. 그것이 학번의 주인을 연상하게 만들면서 긴장감과 흥미를 배가시켰던 것이다. 하지만 그 긴장감과 흥미는 우리 반 아이들과 내가 읽을 때나 유효한 것이니 응모할 때는 다른 제목으로 바꾸라고 해야겠다. 그리고 아무리 허구라고 해도, 오해의 소지가 있거나 상처를 줄 수 있는 실명 사용은 삼가라는 조언도 해야겠다.

은성이가 쓴 소설이라고 생각하자 가슴에 얹혀 있던 무엇인

가 쑤욱 내려간 것처럼 편안해졌다. 앞으로는 소설 속의 인물
에 반 아이들을 대입시켜 가며 끌탕할 것 없이 그저 내용을 즐
기면 되는 것이다.

10310

봄이의 남친 이야기는 월요일 오후가 되기 전에 교실에 다 퍼졌다. 수련회 때 한 방을 쓰지 않았던 아이들에게도 그 이야기는 믿고 싶지 않은 사실이었다. 봄이를 제외한 우리 반 39명은 모두 봄이보다는 자기가 더 예쁘고 날씬하다고 생각하고 있었다. 그런데도 기껏해야 여드름이 숭숭 난 동급생이거나 입시에 찌든 한두 해 선배를 사귀는 게 고작인데 봄이에게 잘생긴 대학생 남자 친구가 있다는 건 불공평하다는 생각이 신종 플루처럼 빠르게 반 전체에 확산됐다.

그러면서도 아이들은 봄이에게 연애 이야기를 해 달라고 졸라 댔다. 공부만 해야 하는 삶이 지루하고 따분해 죽을 지경이었던 것이다. 자신에게 집중된 관심에 좀 당황한 것 같던 봄이는 아이들이 계속 조르자 못 이기는 척 이야기를 시작했다. 아이들이 우르르 모여들어 봄이를 에워싸고 떠들어 댔다.

"무슨 외국 다리에서 키스한 얘기부터 해 봐. 어디였는데?"

"까를 다리래. 체코에 있대. 맞지, 이봄?"

"남친이 피아노 치면서 프러포즈 했다는 게 진짜야?"

"무슨 헛소리야? 초딩 사 학년 때 같이 피아노 대회에 나갔었대."

"아, 지방 방송 꺼. 삼 조 아니었던 애들은 나중에 따로 듣고, 이봄, 너 한국에 온 다음 이야기부터 해 봐."

경은이가 정리를 하고 난 뒤 봄이가 이야기를 시작하자 교실은 아이들이 침 삼키는 소리만 들릴 정도로 조용해졌다.

봄이의 남자 친구는 봄이가 한국에 온 뒤 전구와 조명 장식이 환상적인 분위기를 만들어 내는 아이스링크에서 다시 정식으로 프러포즈를 했다고 한다. 아무도 없는 아이스링크 위엔 촛불로 만든 길이 나 있었고 남친이 그 길 끝에 꽃을 들고 있다가 프러포즈를 했단다. 그리고 그들은 단둘이서 음악이 흐르는 빙판을 누비며 춤추듯 스케이트를 탔다나.

드라마에나 등장할 법한 이야기에 아이들은 모두 어이없어했다. 휴대폰으로 인터넷 검색을 해 본 아이가 폐장한 뒤에 프러포즈 이벤트를 할 수 있는 호텔 아이스링크가 있다고 말해 주었다.

"아무리 그런 데가 있다고 해도 아이스링크를 통째로 빌린다는 게 말이 돼? 지가 재벌 이세야, 뭐야?"

"재벌 이세가 미쳤다고 봄이 같은 애를 사귀냐?"

"아무리 호텔 아이스링크라고 해도 봄이 같은 애가 타면 얼음 깨지겠다."

"혹시 남친이 이벤트 회사에서 알바 하는 거 아니야?"

아이들은 그렇게 떠들면서도 상상 속에서는 봄이 대신 자신을 들여놓았다.

그 뒤로도 계속된 봄이의 이야기는 언제나 영화 같아서, 공부와 시험과 성적의 쳇바퀴에서 내려올 수 없는 대한민국 고딩에게는 꿈속에서라도 일어나기 어려운 일들이었다.

아이들은 봄이의 연애담에 열광했다.

"니네 자주 만나?"

"지금은 주말밖에 못 만나지만 처음에 와서는 일주일 내내 만났어. 한국에 돌아오자마자 엄마가 오빠한테 내 과외를 맡겼거든. 주중에는 공부하고, 주말에는 오빠랑 여기저기 다니면서 데이트했어."

"니네 엄마도 니네 사귀는 거 알아?"

"아니. 나 대학 갈 때까지 비밀로 하기로 했어. 엄만 내가 대학도 못 갈까 봐 걱정이 태산이시거든."

봄이 엄마야 알아도 감지덕지였을 것이다.

"근데 니네, 공부만 했어?"

누군가 은근슬쩍 물었고 아이들은 침을 삼키며 봄이의 입을 바라보았다.

"그럼 또 뭘 하길 바래?"

봄이가 웃으며 아이들을 둘러보았다.

"사귀자마자 키스부터 했으니 더 진도가 나갔을 거 아니야. 혹시 잤냐?"

남자애들이야 여자랑 잔 것을 자랑 삼아 떠벌린다지만 여자 아이들 사이에서는 아주 친한 사이거나 봄이가 아니면 섣불리 하지 못할 질문이었다.

"아직은 키스가 다야. 진도를 더 나가고 싶은 마음이야 하늘 같지만 내가 대학교에 갈 때까지 자제하기로 오빠랑 약속했어."

봄이가 뺨에 홍조를 띠면서 말했다.

"남자들은 잘 못 참는다던데."

"오빠가 그건 남자들의 변명에 불과한 거랬어. 남자들도 충분히 자제할 수 있고, 또 사랑한다면 그렇게 해야 하는 거래."

눈이 삔 게 아니라면 특이한 여자도 한번 갖고 놀아 보려는 변태라도 돼야 하는데 봄이의 남자 친구는 어떻게 된 게 들을 수록 더 괜찮았다.

아이들은 두 파로 나뉘었다. 봄이의 연애 이야기가 100퍼센트 거짓이라는 쪽과 허풍이 세긴 해도 남자 친구가 있긴 한 것 같다고 생각하는 쪽이었다. 남자 친구가 있을 거라고 생각하는 아이들도 콧방귀를 뀌기는 마찬가지였다.

"대학교에 예쁜 여대생들이 득시글거릴 텐데, 저 대학 갈 때까지 안 깨질 줄 아나 보지? 완전 짜증 나."

"대딩은 무슨. 저처럼 찌질한 놈팽이겠지."

"걍 냅 둬. 심심한데 재밌잖아. 어디까지 가나 보자구."

"우리가 속는 줄 알고 신나서 소설 쓰는 거 보는 것도 웃겨."

거짓이라는 쪽은, 봄이가 어떤 질문에든 순순하게 대꾸하는 것을 그 증거로 들었다. 보통 아이들이라면 감추고 싶거나 거부할 이야기도 스스럼없이 하는 게 진짜가 아니라는 것이다. 남친이 완벽한 남자라는 것 또한 거짓의 증거였다. 완벽한 남자는 로맨스 소설의 첫 번째 공식이다. 거짓이라고 여기는 아이들은 봄이가 현실에서는 절대로 이룰 수 없는 꿈을 가상의 이야기를 통해 풀어내고 있는 것이라고 단정지었다.

나로 말할 것 같으면 봄이의 이야기가 거짓이든 허풍이든 상관없었다. 관찰자 입장에서 봄이의 이야기는 물론 그 애를 둘러싸고 반에서 벌어지는 일들이 흥미진진할 따름이었다. 무엇보다 봄이의 이야기는 내게 많은 영감을 주고 있다. 덕분에 요즘 인터넷 소설 카페에 올리고 있는 로맨스 소설의 조회 수가 만만치 않다. 우리 카페에서 조회 수 높은 소설이 책으로 나온 적이—만화책 대여점용이긴 하지만—있기 때문에 야심을 품고 열심히 쓰고 있는 중이다.

책을 내면 대학 입시 때 가산점을 받거나 특기자 전형으로 지원할 수 있을 것이다. 내 꿈은 대박을 터뜨리는 시나리오 작가나 드라마 작가이다. 가난한 소설가 따위는 되고 싶지 않다. 인기 있는 작가가 돼 돈도 많이 벌고, 배우나 탤런트 같은 연예인들을 구경하면서 화려하고 신나게 살고 싶다. 치아 교정을 끝낸 뒤 눈 좀 트고, 코 좀 세우고, 살 좀 빼고, 라식 수술을 해서 안경을 벗으면 내 극본의 주인공을 맡은 연예인과 사귈 수 있을지도 모른다.

뚱뚱하고 못생긴 여고생이 잘생긴 대학생한테 듬뿍 사랑받는 이야기를 진짜 경험했다는 아이가 말하면 온갖 비난과 조롱을 받는데, 소설로 써 놓으면 이상하게 폭발적인 인기를 얻는다. 아이들은 그런 이야기에서 대리만족을 느끼는 모양이었다.

그동안 내 소설은 내용 면에서나 인기도 면에서나 지지부진했다. 소설의 상상력이란 게 경험을 기반으로 해서 피어나는 것인데 나의 삶은 너무나 제한적이고 단순하다. 대한민국의 여느 아이들과 다를 바 없이 초등학교 때부터 학교와 학원만 오가며 살았으니 특별한 이야깃거리가 있을 리 없다. 게다가 변변한 연애 한번 제대로 못 해 봤으니 아무리 상상력을 발휘한들 내 소설은 이미 누군가는 썼음직한 이야기로 채워질 수밖에 없었다.

수련회를 다녀온 뒤 봄이의 이야기를 처음 들었을 때 나는 본능적으로 대박이 될 감을 느꼈다. 외국과 우리나라를 오가며 펼쳐지는 여고생의 러브 스토리라니. 기껏해야 교실이나 학원을 맴도는 다른 이야기들에 비하면 공간적 배경부터 뭔가 있어 보인다. 가끔씩 외국을 배경으로 한 작품이 나오기는 하지만 허무맹랑하고 허술한 내용이 대부분이었다.

봄이 이야기는 지명에서부터 낭만적인 분위기가 물씬 풍기는 체코에서 살았던 실제 경험(이라고 주장하는)자의 이야기를 바탕으로 해서 쓴 거라 완성도가 높을 수밖에 없었다. 연예인들은 일상에서 찍은 스냅 사진도 화보인 것처럼, 봄이의 러브 스토리는 들은 대로만 옮겨 놓아도 영화 같았다.

나는 저녁마다 책을 보는 척하지만 실제로는 누구보다 귀를 쫑긋 세우고 봄이의 이야기를 듣는다.

이야기가 점점 더 흥미 있어진다. 이 정도 실력이면 공모전에 나가서 당당히 수상할 것 같다. 그럼 은성이는 자신의 꿈대로 특기자 전형으로 대학에도 가고, 인기 있는 작가가 될 수도 있을 것이다. 담임으로서, 특히 국어 담당 교사로서 뿌듯한 일이 아닐 수 없다.

다음은 10334, 정은지. 올해 반을 맡은 뒤 가장 늦게 이름을 외웠을 만큼 눈에 띄지 않는 평범한 아이다. 아차, 아이들과 학번을 연관 짓지 않기로 했지. 이제부터는 은성이의 글솜씨를 평가하며 읽는 거야. 그래도 아이들을 떠올리며 읽는 게 훨씬 재미있긴 하다.

아무튼 나은성, 제법이라니까.

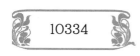

10334

#1 까를 다리 위의 연인

전날 내린 눈으로 세상이 온통 하얀 크리스마스 이브였다.
그가 그녀의 집에 머무는 마지막 날이기도 했다. 스케이트장을
나온 뒤 패트릭이 아쉬운 표정으로 그녀를 안고 뺨인사를 했다.
그녀도 패트릭의 등을 다독여 주었다. 패트릭이 가고 나자 그와
그녀만 남았다. 그는 눈에 띄게 부루퉁한 얼굴이었다. 크리스마
스가 되니 향수병이 생겼을 수도 있다고 생각한 그녀는 그를
상점 거리로 안내했다. 가족한테 줄 선물을 고르면 기분이 나아
질지도 모르기 때문이었다. 광장과 거리 어디에나 성탄전야를
즐기려는 사람들로 넘쳐흘렀다.

그는 꼭두각시 인형인 마리오네트와 체코의 풍경이 담긴 엽

서 따위를 샀다. 그녀도 엄마 아빠와 동생에게 줄 선물을 골랐다. 그리고 그에게 줄 깜짝 선물로 한쪽에 스테인드글라스가 박힌 머그컵을 샀다. 그녀는 한국으로 돌아간 그가 컵으로 무언가를 마실 때마다 자기를 떠올렸으면 좋겠다고 생각하다가 고개를 흔들어 지워 버렸다.

그녀가 물건을 다 샀을 때 그가 목걸이 세 개를 그녀에게 내밀며 어떤 것이 예쁜지 골라 달라고 했다. 그의 여자 친구 것인지도 모른다는 생각을 하자 가슴 한구석이 찌릿, 하고 아파왔다. 그녀는 예상치 못했던 자신의 감정에 당황하면서 작은 하트세 개가 연결돼 있는 목걸이를 가리켰다. 반짝반짝 빛나는 그목걸이가 다른 여자 목에 걸릴 것을 생각하니 슬픈 기분이 들었다. 그녀도 말이 없어졌다.

그들은 수백 년이 된 거리를 지나 까를 다리에 이르렀다. 프라하 관광 첫날에도 갔던 곳인데 그가 또 가고 싶다고 했기 때문이다. 까를 다리에는 그날도 거리의 악사들이 음악을 연주하고 화가들이 초상화를 그려 주거나 그림을 팔고 있었다. 여전히 까를 다리 아래로 블타바 강이 흐르고 건너편 언덕에 눈 덮인 프라하 성이 보였다. 그리고 그날도 성 앞 네포무츠키상 앞에는 소원을 비는 사람들이 줄지어 서 있었다. 그는 또 그 사람들 뒤에 가서 섰다.

그녀는 그와 처음 까를 다리에 왔던 날을 떠올렸다. 까를 다리 위에 죽 늘어선 조각상들 중 유독 한 동상 앞에 많은 사람들이 모여 있는 것을 보고 그가 이유를 물었다.

"네포무츠키상을 만지며 소원을 빌면 이루어진대요."

그녀는 그가 코웃음을 칠 줄 알았다. 그동안 한국에서 온 그녀의 사촌이나 외삼촌, 고모부 같은 남자들은 모두 그랬기 때문이다. 그런데 그는 줄을 서서 차례가 오길 기다렸다가 동상을 어루만졌다. 진지한 모습이 오히려 우스울 정도였다.

큰일을 해낸 사람처럼 뿌듯한 표정으로 돌아선 그에게 그녀가 무슨 소원을 빌었냐고 물었다. 그는 비밀이라고 했다. 첫날 생각이 나 그녀는 또 물었다.

"정말 무슨 소원 빌었는지 말 안 해 줄 거예요?"

비밀이라는 그의 말에 더 이상 묻지 못했던 첫날에 비하면 며칠 사이 그와 많이 친해진 것 같아 그녀는 기분이 좋아졌다. 하지만 그는 빙긋 웃기만 했다.

"무슨 소원 빌었는데요? 네?"

그녀가 그의 팔을 잡고 흔들며 보채듯 물었다.

대답 대신 그의 표정이 굳어졌다. 그는 말없이 돌아서서 사람들을 헤치며 성큼성큼 걷기 시작했다. 그녀는 무안해져 그의 뒷모습을 바라보았다. 밝히고 싶지 않은 것을 말하라고 계속 채

근한 자신이 창피했다. 그녀는 그가 자신을 눈치 없거나 무례한 아이라고 생각하면 어쩌나 걱정이 되면서도 친해졌다고 여긴 것이 착각이었다는 생각에 서운해졌다.

잠시 제자리에 서 있던 그녀는 그와의 거리가 멀어지고 있음을 깨닫고 발걸음을 떼어 놓기 시작했다. 어쨌거나 자신이 무례하게 군 것이니 사과해야겠다고 생각하면서 가까이 갔을 때, 그가 갑자기 돌아섰다. 그녀는 반사적으로 한 발자국 물러서 부딪힐 뻔한 것을 간신히 면했다. 그녀를 바라보는 그의 표정은 여전히 굳어 있었다.

화가 단단히 난 것이 틀림없다.

"미안해요."

말하기 싫은 것을 자꾸 물어봐서, 하려는데 그가 불쑥 말했다.

"첫날도 오늘도, 너랑 사귀고 싶다고 빌었어."

그 말을 듣는 순간 그녀는 비틀거렸다. 지나치던 사람과 부딪혔기 때문이었다. 넘어질 뻔하면서 그녀는 다행이라고 생각했다. 누군가와 부딪히지 않았어도 주저앉았을 만큼 다리의 힘이 쫙 빠졌기 때문이다. 재빨리 그녀를 감싸 안은 그가 그녀에게 말했다.

"내 여자 친구가 돼 주지 않을래?"

그의 목소리가 약간 떨렸다. 그는 화가 났던 게 아니라 긴장했던 것이다. 그의 가슴에 안긴 그녀는 까를 다리가 울릴 만큼 뛰고 있는 자신의 심장 소리가 그에게 들릴까 봐 걱정하면서도 자기도 모르게 고개를 끄덕였다. 순간, 자신이 너무 빠르게 답을 했다는 생각이 머리를 스치고 지나갔지만 조금도 후회스럽지 않았다.

그의 말이 이어졌다.

"여행하는 동안 네 생각 많이 했어. 그때는 어떤 감정이었는지 잘 몰랐는데, 널 다시 만나는 순간 지난 사 년 내내 널 좋아하고 그리워했었다는 걸 깨달았어."

그의 말에 그녀도 그가 언제나 자신의 마음속에 있었음을 느꼈다. 가슴이 벅차올랐다. 그의 눈동자에 가득 찬 그녀가 활짝 웃고 있었다. 그가 주머니에서 아까 산 목걸이를 꺼내더니 그녀의 목에 걸어 주었다. 그러곤 조심스레 그녀의 뺨을 감쌌다. 그들이 키스를 하는 동안 다리 위뿐 아니라 온 세상이 숨을 멈춘 듯했다. 그들을 축복하는 듯 하늘에서 눈송이가 흩날리기 시작했다.

#2 이브의 입맞춤

야자 시간에 그녀는 문자를 받았다. 그였다.

–하늘 좀 봐. 보름달이 떴어.

그녀의 자리에선 교정을 비추는 가로등밖에 보이지 않았다. 그 아래 벚꽃이 눈처럼 하얗게 흩날리고 있었다.

–교실에선 안 보여.
–잠깐 나와. 달 보러 가자!

그는 학교 앞이라고 했다. 그녀는 교실 안을 둘러보았다. 공부를 하든 딴짓을 하든 아이들은 이제 각자의 야자 세계로 빠져든 듯했다. 짝은 그녀의 반대편을 바라본 채 엎드려 있었다. 조금 전에 감독 선생님이 지나갔으니 한동안은 괜찮을 것이다. 그녀는 책을 책상 위에 펼쳐 놓고 교복 상의를 의자에 걸어 놓은 채 화장실에라도 가는 것처럼 자연스레 교실을 나왔다. 조끼에 슬리퍼 차림으로 텅 빈 복도를 지나 교정을 빠져나가는 그녀를 제지하는 사람은 아무도 없었다.

그가 교문 앞에 차를 세워 놓고 기다리고 있었다.

"우리 봄봄이, 오늘도 힘들었지? 오빠가 멋진 데를 알아 놔어. 얼른 갔다가 야자 끝나기 전에 돌아오자."

그는 자신의 카디건을 벗어 그녀에게 걸쳐 준 다음, 어깨를 감싸 안고 조수석 쪽으로 가 차 문을 열어 주었다. 운전석에 오른 그는 그녀에게 안전벨트를 매 준 뒤 아직 따뜻함과 향기가 그대로인 커피를 건네주었다. 차 안엔 달콤한 음악이 흐르고 있었다. 밴드 동아리에서 건반과 보컬을 맡고 있는 그가 그녀를 위해 가사를 쓰고 곡을 붙여 부른 노래였다.

노래 제목은 '이브의 입맞춤'이었다. 까를 다리 위에서 사랑을 고백하며 첫 키스를 나누던 순간의 설렘을 영원히 간직하고 싶다는 내용의 가사였다. 그는 그녀가 첫 모의고사를 본 날 밤 휴대폰으로 그 노래를 들려주었다. 덕분에 그녀는 시험을 치르느라 길게만 느껴졌던 하루를 깊고 단 잠으로 마무리할 수 있었다.

그들은 꽃잎이 아주 작은 흔들림에도 눈송이처럼 쏟아지는 벚꽃 터널을 지나 달빛이 쏟아지는 길을 달려 물가로 갔다. 시냇물이라고 하기엔 좀 넓고, 강이라 하기엔 좁은 듯한 물 위에는 그들을 위한 것인 양 나무다리가 놓여 있었다. 그 다리 위에 나란히 걸터앉아 그들은 달을 보았다. 달은 하늘에서, 물결 위에서, 그들의 눈동자 속에서, 마음속에서 푸르게 빛나고 있었다. 서로 맞닿은 몸을 통해 느껴지는 온기가 온갖 말을 대신했다.

봄이의 이야기가 끝나고도 우리는 한동안 꿈꾸는 얼굴로 조용히 있었다. 누군가의 긴 한숨이 신호가 돼 현실로 돌아오면 야간 자율학습이라는 잿빛 현실이 기다리고 있었다. 나는 봄이의 이야기가 영원히 계속되길 바랐다. 그리고 그 이야기가 사실이기를 바랐다. 아니, 사실이라고 믿었다. 이야기 속에서 봄이는 나였다. 대한민국의 평범한 여고생 정은지가 세상에서 가장 멋지고 자상하고 따뜻한 남자 친구와 데이트를 하는 것이다. 상상 덕분에 나는 기운을 내 공부할 수 있었다.

하지만 대부분의 아이들은 나와 달랐다. 먼저 이야기를 해 달라고 조르거나 부추겨 들어 놓고 나서는, 마치 그러기 위해 이야기를 들었다는 듯이 트집거리를 찾았다. 아이들은 인터넷에서 까를 다리와 성 얀 네포무츠키상을 검색했고, 달력에서 그날이 보름달이 뜬 날이었는지 확인했고, 가까운 거리에 벚꽃 터널을 지나 달빛이 쏟아지는 냇가가 있는지 토론했다. 또 어떤 아이는 한영대에 다니는 친척의 힘을 빌려 밴드 동아리 카페 같은 걸 뒤지고 다녔다.

인터넷에 '까를 다리'를 치면 연관 검색어로 '이브의 입맞춤'이나 '한영대 경제학과 밴드' 같은 단어들이 떠 프라하 여행을 준비하는 사람들을 어리둥절하게 만들곤 했다. 그리고 이제 봄이의 이야기는 허풍보다는 거짓이라는 쪽이 대세였다. 누군가 봄이가 들려준 것과 흡사한 인터넷 소설을 찾아냈기 때문에 그 말은 더욱 신빙성을 갖게 되었다.

나도 그 소설을 보았다. 그 내용은 봄이가 해 준 이야기와 비슷했다. 아이들은 봄이가 인터넷 소설들을 각색해서 이야기하거나, 또는 자기가 쓰는 소설을 우리에게 실제인 양 들려주는 것이라고 여겼다. 어느 쪽이든 나는 달콤하고 환상적인 봄이의 러브 스토리가 끝나지 않기를 바랐다.

10304

"김다인, 너 봄이 야자 시간에 나가는 거 봤어?"

아이들이 내게 물었다. 솔직히 기억이 나지 않았다. 아이들은, 봄이가 교실을 빠져나가 데이트를 하고 왔다는데도 짝인 내가 모른다는 게 말이 되냐고 떠들어 댔지만 사실이었다.

요즘 나는 제정신이 아니다. 강현이 때문이다. 강현이와 나는 중3 때부터 함께 영어 과외를 받았다. 원래는 세 명이었는데 문영이가 고등학교에 입학하면서 그만두는 바람에 둘만 남은 것이다. 셋이서 과외를 받을 때까지만 해도 우리는 그저 같은 아파트 단지에 살고 같은 중학교에 다니는 친구 사이일 뿐이었다. 그런데 문영이가 그만두자 소개팅 주선자가 자리를 떠나고 둘만 남은 것처럼 분위기가 어색해졌다.

강현이는 문영이가 있을 때보다 장난도 실없는 소리도 덜했다. 그러자 강현이가 고등학생이 되면서 훌쩍 자란 것과 팔뚝이 단단해진 것, 그리고 손가락이 긴 것이 보이기 시작했다. 수업을 하는 동안에도 나는 자꾸만 강현이의 힘줄이 드러난 팔뚝이 만지고 싶어졌고 손을 잡고 싶어졌다. 강현이가 내게 키스를 하는 상상도 했다. 그러자 강현이의 말 한마디 몸짓 하나가 다 나를 자극하는 것 같았다.

남자 여자가 우연히 손이 맞닿거나 몸이 닿았을 때 찌릿, 하고 전기가 통하면서 사건이 시작되는 드라마의 장면들이 억지스럽다고 생각했는데, 아니었다. 어느 날 상 아래로 저린 다리를 펴다가 발이 강현이 무릎에 닿았다. 깜짝 놀라 움츠리는 내 발을 강현이가 꽉 잡았다. 갑자기 번개를 맞은 것처럼 정신이 아찔했다. 그날 우리는 선생님이 화장실에 간 틈을 타 누가 먼저인지 모르게 키스를 했다.

그게 시작이었다. 우리는 선생님이나 엄마들이 보는 데선 틱틱거리는 척했지만 영어 진도와 함께 스킨십의 진도도 나갔다. 강현이는 언젠가부터 마지막 진도까지 나가지 못해 안달이었다. 하지만 대학입시라는 마라톤 코스로 들어선 우리에겐 시간도 장소도 부족했다. 나는 마지막까지 가고 싶은 것, 그것이 사랑이라고 믿었다.

그래서 봄이의 러브 스토리를 듣다 보면 손발이 오그라들고 코웃음이 절로 나왔다. 꾸며 내니까 그런 이야기가 나올 수 있는 거다. 거짓이니까 저렇게 남의 이야기하듯 떠벌릴 수 있는 것이다. 설령 사실이라고 해도 키스 외에는 자제하기로 했다는 건 헤어질 때 발뺌을 하려는 남친의 얍삽함으로밖에 보이지 않았다. 어쩌면 그 남자는 봄이 같은 애와 더 이상 진도가 나가고 싶지 않은 것인지도 모른다.

봄이의 그런 이야기에 침을 삼키며 귀를 기울이고 있는 아이들을 보면 코미디가 따로 없었다. 자기 자리에 앉아 관심 없는 척하면서 귀를 기울이고 있는 아이들을 엿보는 것도 재미있었다. 봄이의 시시해 빠진 이야기에 달뜬 아이들을 보면 가소로우면서도 마음이 뿌듯해졌다. 그 애들 가운데 아무리 공부를 잘해도, 얼굴이 예뻐도 나처럼 짜릿하고 비밀스러운 연애를 하고 있는 아이는 없을 것이다. 그 일이 있기 전까지 나는 그렇게 굳게 믿고 있었다.

그날은 강현이네 집에서 과외를 하는 날이었다. 나는 아파트 단지까지 데려다 주는 통학 버스에서 내려 곧바로 강현이네 집으로 갔다. 문을 열어 주는 강현이도 집에 온 지 얼마 안 되는 듯 교복 차림이었다. 집 안이 조용했다.

"아줌마랑 수현이는?"

"큰집에 제사 지내러 갔어."

대답하는 강현이의 표정과 행동이 어딘지 이상했다.

"선생님은 오셨어?"

나는 신을 벗고 거실로 올라서며 무심코 물었다. 강현이가 당황한 기색으로 말을 더듬었다.

"서, 선생님, 오다가 차 사고 나서 오늘 과외 못한대."

"뭐? 많이 다치셨대?"

놀라면서도 집에 강현이와 단둘뿐이라는 생각이 머리를 스치고 지나갔다.

"그, 그런 건 아닌가 봐. 사고 처리 문제 때문에 못 오신대."

강현이가 내 눈길을 피하며 말했다. 강현이의 마음을 알 것 같았다. 우리 둘만 있다는 걸 알게 되자 나도 기분이 이상해졌기 때문이다.

"뭐야, 괜히 왔잖아. 미리 문자 줄 것이지."

가슴이 뛰는 것을 감추기 위해 나는 투덜거리는 척했다.

"지, 지금 막 전화 왔어."

강현이가 억울하다는 듯 손에 있는 휴대폰을 들어 보였다. 뒤돌아서 다시 신을 신고 문을 열고 나가면 되겠지만 몸이 말을 듣지 않았다. 대신 나는 말했다.

"물 좀 줄래?"

강현이가 냉장고에서 물병을 꺼내 물을 따르다 흘렸다. 허둥거리는 표시가 역력했다. 나는 목이 많이 말랐다는 듯 벌컥벌컥 물을 마신 뒤 컵을 식탁 위에 내려놓으며 말했다.

"그럼 갈게."

말은 그렇게 했지만 발길이 떨어지지 않았다. 그때 강현이가 내 팔을 잡았다. 그걸 기다린 것인지도 모르겠다. 이렇게 단둘이만 있을 기회가 또 오기는 쉽지 않았다. 강현이도 그 생각을 했는지 조급하게 굴었다. 나는 겁도 나고, 남자들은 쉬운 여자를 싫어한다는 이야기를 잡지에서 읽은 것도 생각나고 해서 선뜻 그의 요구를 받아들일 수 없었다. 내가 거부하자 강현이는 화난 듯이 소파에 앉더니 케이블의 게임 채널을 틀었다. 나는 강현이 옆으로 가 장난도 걸고 애교도 떨었으나 강현이는 잠자코 텔레비전만 보았다. 강현이가 아무런 반응도 보이지 않자 이상하게 초조한 기분이 든 나는 결국 먼저 그의 손을 잡았다.

집으로 돌아오자 다행히 엄마는 미니 시리즈 드라마에 푹 빠져,

"선생님, 차 사고 나서 오늘 과외 못한대."

라는 내 말을 건성으로 들었을 뿐더러, 과외를 안 한 것치곤 늦었다는 사실을 알아차리지 못했다. 늦은 것에 대한 핑계거리까지 생각해 두었던 나는 엄마가 딸에게 큰일이 있었다는 사실을 눈치채지 못하는 것이 서운했다. 하지만 그 편이 나았다. 만일

엄마가 알기라도 한다면 강현이네 집을 뒤집어 놓거나 24시간 날 감시하려 들 것이다.

내 방으로 들어와 혼자가 되자 파도가 덮치듯 갖가지 혼란스러운 감정이 밀어닥쳤다. 나는 아무것도 할 수가 없었다. 얼마 뒤에는 혼란이 절정에 올라 누군가에게라도 이야기를 꺼내 놓지 않으면 못 견딜 지경이 됐다. 그때 가장 먼저 떠오른 얼굴이 이상하게도 봄이였다. 내 이야기를 듣고 비밀을 지켜 줄 만한 다른 아이는 생각나지 않았다. 나는 학급 명단에서 봄이의 메신저 아이디를 찾았다. 그러고 나서 메신저를 들락거리며 봄이의 닉네임에 불이 들어오길 기다렸다.

드디어 봄이가 접속했다. 나는 봄이에게 말을 걸었다. 얼굴을 마주 보지 않아서인지 봄이가 우리들에게 자기 러브 스토리를 들려주듯 강현이와 처음 키스를 하던 순간부터 오늘 일까지 모두 말할 수 있었다. 봄이한테 이야기를 하는 것만으로도 마음이 안정되는 것 같았다.

물론 나는 봄이의 조언이나 위로 같은 건 바라지 않았다. 끓어넘치는 내 감정을 쏟아 버릴 쓰레기통이 필요했을 뿐이다. 하지만 다음 날 눈을 뜨는 순간 지난밤의 일이 너무 후회됐다. 다른 아이도 아니고 봄이 따위에게 소중한 첫 경험을 털어놓다니.

나는 학교에서 봄이를 보자마자 말했다.

"어제 놀랐지? 메신저로 한 이야기 다 뻥이야. 나도 소설 한 번 써 봤어."

봄이가 잠시 어리둥절한 표정이더니 잠자코 고개를 끄덕였다. 무슨 생각으로 고개를 끄덕이는지는 알 수 없었다. 봄이가 남들한테 내 이야기를 떠들어 댈 것 같지는 않지만 혹시 소문이 난다고 해도 봄이를 놀리느라 거짓말을 했다고 하면 될 것이다. 그러면 모두 봄이보다는 내 말을 믿을 것이다.

그 일이 있고 난 뒤 공교롭게 과외 선생님이 차 사고의 보험 처리 문제로 옥신각신하다 병원에 입원을 했고, 엄마들끼리는 이참에 과외를 그만하는 걸로 합의를 보았다. 모든 일이 내 의지와는 상관없이 벌어졌다. 나는 과외는 하지 않더라도 강현이와 본격적인 연애가 시작될 거라고 기대했다. 강현이가 사랑 고백과 함께 만나자는 연락을 해 올 줄 알았다. 당연히 그래야 한다고 생각했다. 하지만 강현이한테서는 아무런 연락이 없었다. 메신저에도 접속하지 않았다.

기다리다 못해 내가 먼저 문자를 보냈으나 응답조차 없었다. 화가 나서 이별 통고를 했지만 그것에도 대답이 없었다. 망설이고 망설이다 전화를 걸어 보았으나 없는 번호라는 음성 안내가 대신 받았다. 며칠 뒤 나는 엄마로부터, 모의고사 성적이 뚝 떨어진 것 때문에 화가 난 강현이 엄마가 강현이의 휴대폰과 인터넷을 해지시켰다는 이야기를 들었다. 아무리 그렇다고 해도 마음만 있으면 얼마든지 연락할 수 있었을 것이다.

　요즘 나는 3류 드라마의 주인공이 된 것처럼 기분이 더럽다. 특히 강현이가 그 일을 그저 불장난으로 여기고 있을지도 모른다고 생각하면 속이 부글부글 끓었다. 나 역시 아무 일도 없었던 것으로 치부하면 통쾌한 복수가 될 텐데, 전화나 문자가 올 때마다 강현이일지도 모른다는 기대감이 들었고, 아닌 것을 확인하고 나면 다시 감정의 소용돌이 속으로 휘말려 들었다. 그러니 봄이가 자리에 없었는지, 그날 보름달이 떴었는지 따위는 생각도 나지 않았다.

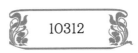

10312

"이봄, 매점 가자."

둘째 시간이 끝나면 나는 봄이에게 말한다. 아침을 거른 배속이 그 시간이면 무엇인가 달라고 요동을 친다. 나는 봄이와 함께 매점으로 간다. 컵라면과 빵, 과자 등을 파는 지하 매점은 늘 아이들로 미어터졌다.

"쟤가 박미나야."

"쟤가 박미나래."

남자아이들의 수근거림에 런웨이 위의 모델처럼 내 등과 허리는 더욱 꼿꼿해진다.

나와 봄이 같은 아이의 조합에서는 흔히 봄이 같은 애가 무수리 역할을 맡는다. 난파선에 탄 사람들이 구명정을 향해 손을 휘젓듯 매점 아줌마에게 돈을 쥔 손을 흔들어 대는 수고는 당연히 봄이 같은 애가 해야 하는 것이다. 하지만 나는 오히려 봄이를 테이블에 앉혀 놓고 아이들 틈에 끼어든다. 홍해가 갈라지듯 내 앞에 길이 드러나는 정도는 아니지만 나와 경쟁하기를 부끄럽게 여기는 남자아이들 덕분에 비교적 수월하게 빵이나 과자를 살 수가 있다.

자기가 잘나서 대우받는 줄 알고 당당하게 앉아 기다리고 있는 봄이를 볼 때면 짜증이 솟구치기도 하지만 나는 내색하는 대신 웃으며 봄이 앞에 빵이나 과자를 풀어 놓는다. 음식 냄새에 텅 빈 위장에서 쓴 물이 넘어오지만 허기진 속을 달랠 만큼만 먹을 뿐이다. 내가 대한민국 여자들이 이상적으로 여기는 44사이즈를 유지하기 위해 얼마나 애쓰는지는 남들에게 알리고 싶지 않다. 물 위에 우아하게 떠 있는 백조가 물속에서 허우적거리며 치는 물갈퀴질까지 남들에게 보여 줄 필요는 없는 것이니까.

우리 학교는 분명히 남녀공학이지만 반도 각반일 뿐더러 건물 구조 자체가 평소에는 서로 섞일 수 없도록 철저하게 분리돼 있다. 우리가 남자애들과 자유롭게 만날 수 있는 공간은 식당과 매점, 그리고 2주에 한 번 있는 특활 교실뿐이다. 하지만 학교가 우리를 갈라놓으려고 아무리 안간힘을 써도 우리는 남학생 얼짱 리스트를 갖고 있으며 품평회를 할 정도의 정보를 가지고 있다. 그건 남자애들도 마찬가지일 것이다.

정보에 의하면 혜나는 남자애들한테 이미 성격 까칠하고 밥 맛없는 아이로 낙인이 찍혔다. 어쩌면 여우의 신포도처럼 손에 넣을 수 없는 대상에 대한 비난일 수도 있겠지만, 혜나가 처신을 잘못한 탓이 더 컸다. 공부만 잘했지 학교라는 사회가 평판이 나쁘면 예쁜 것으로도 용서되지 않는다는 사실을 몰랐던 혜나는 그저 잘난 척하는 왕재수로 전락해 버렸다.

예쁜 여자를 돋보이게 하는 것은 높은 아이큐나 성적보다는 좋은 인간성이다. 예쁜 여자들이 같은 여자들에게 배척당할 숙명을 타고 난 것은 사실이지만 당사자의 처신에 따라 얼마든지 이성과 동성 모두에게 관심과 호의를 받을 수 있는 길이 있다.

학교 안에서뿐이지만, 내가 봄이와 함께 다니기 시작한 건 혜나가 봄이를 싫어하는 것을 안 다음부터였다. 사실 나도 봄이가 늘어놓는 헛소리를 듣고 있자면 코웃음이 저절로 쳐졌다. 하지만 나는 상대도 되지 않는 애의 헛소리에 그렇게 노골적으로 싫어하는 티를 내는 혜나가 더 유치하고 우스워 보인다. 자기네도 봄이를 무시하고 우습게 보면서 나나 혜나 같은 애들이 그러면 잘난 척한다고 씹어 대는 것이 아이들의 속성이란 사실을 간파하지 못한 혜나는 나보다 한 수 아래다.

봄이와 다님으로써 인간성이 좋은 아이라는 인식과 함께 미모가 더욱 부각되는 일석이조의 성과를 얻은 나는 혜나와의 대결에서 완승했다. 나중에도 마찬가지일 것이다. 청춘을 공부에 바친 혜나가 기껏해야 의사 가운을 입고 남의 곪은 상처나 들여다보고 있을 때, 나는 멋진 남자들과 연애를 즐기다 능력 있는 남자와 결혼해 행복하고 즐거운 삶을 살아갈 것이다.

그 조짐은 벌써부터 보인다. 우리 학교에서 나를 좋아하는 애들을 줄로 세운다면 운동장을 몇 바퀴 돌고도 남겠지만 내가 좋아하는 사람은 2학년 남자 얼짱 황경욱 선배다. 경욱 선배가 입학 초에 혜나한테 관심을 가졌던 건 알 만한 아이들은 다 아는 일이다. 하지만 그는 현재 내 남자 친구다.

어느 날 경욱 선배가 내게 물었다.

"미나야, 너 왜 그 뚱띵이랑 같이 다니는 거야?"

"내 친구한테 그렇게 말하지 마세요. 봄이가 얼마나 성격도 좋고 착한데."

어떤 표정과 말투를 해야 상대편에게 먹히는지 나는 잘 알고 있다. 경욱 선배의 얼굴에 나를 여자 친구로 둔 것에 대한 자랑스러운 미소가 퍼진다.

"역시 넌 얼굴 좀 예쁘다고 깝치는 싸가지들이랑은 달라."

10336

수학 과외가 있는 날이다. 나는 브래지어 안에 볼륨패드를 넣었다. 그리고 옷장을 뒤져 가슴께가 가장 많이 파인 원피스를 찾아 입었다.

2월부터 수학 과외를 시작한 나는 진하 샘을 처음 보는 순간부터 좋아했다. 과외 사이트에 과학고 합격생이라고 올려놓은 건 순전히 실력 있는 선생님을 찾기 위해서였다. 사실 과학고 합격 대기자 명단에 올랐다가 아슬아슬하게 떨어진 터라 그만한 실력을 갖추고 있다고 자부한다. 과학고생이 아니라는 사실은 나를 가르칠 만한 실력이 되는 교사를 만난 다음에 밝혀도 된다고 생각했다.

날 가르치고 싶다고 먼저 메일을 보내온 것은 진하 샘이었다. 사이트에 들어가 진하 샘의 프로필, 아니 사진을 보는 순간 나는 그에게 과외를 받기로 결정했다. 하지만 엄마의 반대에 부딪혔다. 엄마는 S.K.Y대에서 수학을 전공하고 있거나 전문 과외 교사인 사람을 원했다. 진하 샘이 아니었다면 나 역시 그 정도의 스펙을 가진 과외 교사 지원자에게는 눈길도 주지 않았을 것이다. 엄마는 결국 내 고집에 져 주는 대신 말했다.

"일단 시작하지만 입학해서 첫 모의고사 성적 보고 계속할지 결정할 거야."

그렇게 해서 진하 샘과 첫 대면을 하는 순간, 사진보다 훨씬 멋진 그의 얼굴에 그만 얼이 빠지고 말았다.

"혜나라고? 이름도 예쁘네. 난 서진하야. 우리 잘해 보자."

진하 샘이 싱그럽게 웃으며 부드러운 저음의 목소리로 말하는 순간 머릿속에서 별똥별이 쏟아져 내리는 것 같았다.

"과학고에 합격한 거 보면 수학을 잘하는 모양이구나. 이거 걱정되는데."

제정신이 아니었던 나는 사실을 말할 때를 놓치고 말았다. 진하 샘이 돌아가고 나서야 과학고에 떨어진 주제에 과학고생 행세를 한 꼴이 돼 버렸다는 것을 알아차렸다. 진하 샘에게 그런 아이로 보이는 게 죽기보다 싫었던 나는 엄마에게 학교에 대해 함구해 줄 것을 부탁했다. 진하 샘에게 진정한 내 실력을 보여 준 다음에 밝혀도 늦지 않을 것이다. 하지만 엄마에게는 다른 이유를 댔다.

"내가 과학고에 다니는 줄 알아야 수업 준비를 철저히 해 온 단 말이야."

과외는 화요일과 목요일에 했다. 일주일이 그 두 요일로만 이루어졌으면 좋겠다는 생각이 들 정도로 진하 샘을 만나는 날이 기다려졌다. 누군가를 이렇게 좋아해 본 건 처음 있는 일이어서 그런 내 자신이 신기했다. 진하 샘에게 계속 과외를 받기 위해 나는 입학한 뒤 야자 시간에도 수학만 공부했다. 수학을 만점 받은 나는 그 공을 진하 샘에게로 돌려 엄마를 안심시켰다.

나는 점점 진하 샘을 보는 것만으로 만족할 수 없게 됐다. 그와 특별한 사이가 되고 싶었다. 그런데 진하 샘은 내게 과외 학생 이상의 관심을 보이지 않았다. 금방 샤워를 마치고 젖은 머리를 하고 있어도, 향수 냄새를 풍겨도, 입술에 립글로스를 촉촉하게 바르고 있어도 아무런 반응이 없었다. 그동안 추파를 보내는 남자애들을 거절하는 역할만 해 온 나로서는 이 상황을 이해하기도 인정하기도 쉽지 않았다. 진하 샘이 나를 방 안의 가구 보듯 하는 이유는 단 하나뿐일 것이다.

"선생님, 여친 있어요?"

"그럼, 당연히 있지."

진하 샘은 내가 푼 문제를 점검하며 순순히 대꾸했다. 짐작대로 나는 실망하지 않았다. 진하 샘 같은 남자에게 여자 친구가 없다는 게 오히려 이상한 것이다. 2등 했을 때 1등에 대한 전의가 불타오르는 것처럼 진하 샘의 여자 친구에 대한 투지가 끓어올랐다.

"예뻐요?"

"그래, 예뻐. 쓸데없는 데 관심 갖지 말고 이 문제 다시 풀어."

진하 샘은 여전히 날 쳐다보지도 않은 채 말했다. 진하 샘은 내가 고등학교 1학년이 되도록 한 번도 쓸데없는 데 관심을 가져 본 적이 없다는 사실을 모르는 모양이었다.

"얼마나 예쁜데요? 저보다 더요?"

그동안 나는 아직 나의 가치에 값을 매길 때가 아니라고 생각해 왔다. 의대생이 된 다음 내게 걸맞은 남자 친구를 만나도 늦지 않는다. 물론 신랑감은 의사가 된 다음 같은 의사든 판사든 회계사든 내 레벨에 어울리는 사람으로 고를 것이다. 그런 빛나는 미래를 놔두고 코앞의 즐거움에 빠져 시간을 허비하는 애들을 보면 한심할 따름이었다. 남들이 얼짱이라고 추켜세워 주는 것에 좋아라, 연애나 하고 다니는 정신 나간 박미나 같은 애들 말이다. 진하 샘을 사귄다 하더라도 내 생각은 바뀌지 않을 것이다. 나는 공부도 계속해서 잘할 것이며 내 관리도 철저하게 할 것이다.

"나보다 더 예쁘냐구요."

나는 턱을 괸 채 진하 샘을 도발하는 눈길로 바라보았다. 이런 눈빛을 보내면 아무리 예쁜 여자 친구가 있다고 해도 흔들릴 것이다. 진하 샘이 피식 웃으며 손가락으로 내 이마를 튕겼다.

"이 얼굴로 어딜 감히 내 여자 친구한테 대적하려고 해?"

나는 나보다 훨씬 더 예쁘다는 진하 샘의 여자 친구에게 맹렬한 질투를 느꼈다.

"언제부터 사귀었어요?"

그동안 공부하느라 바빴을 테니 이제 겨우 사귀기 시작한 풋내기 연인들일 것이다. 역사로 쳐도 나나 저나인 것이다.

"오래됐어."

추측이 빗나갔다.

"어느 학교 다니는데요?"

사귄 기간은 몰라도 성적은 더 나을 자신이 있었다.

"대학생 아니야."

"네? 그럼 직딩이에요?"

진하 샘은 대답하지 않았다.

이거다! 요새 연상녀 연하남이 대세라는데 분명히 여우 같은 연상녀한테 푹 빠져 여자 보는 눈이 흐려 있는 것이다.

"이제 내 여자 친구한테는 신경 끄고 얼른 뒤의 것까지 다 풀어. 자꾸 그렇게 딴짓하면 한 문제 틀릴 때마다 딱밤 한 대씩이다."

하지만 신경이 꺼지질 않았다.

"얼마나 예쁜지 사진 있음 어디 보여 줘 봐요."

"없어."

"휴대폰에 여친 사진 하나 없다는 게 말이 돼요?"

"휴대폰에 없고 마음속에 있어. 그러니까 얼른 문제나 풀어."

진하 샘은 끄떡도 하지 않았다.

그 뒤에도 나는 끈질기게 진하 샘의 여자 친구에 대해 탐색하고 진하 샘에게 유혹하는 눈길을 보냈으나, 진하 샘은 오로지 과외 교사의 역할에 충실할 뿐이었다. 그게 다 연상녀 애인 때문인 것이다. 연상녀를 사귀는 진하 샘에게 나는 한참 어린 애송이로 보일 것이다. 그러니 내가 아무리 여자인 척 굴어도 마음이 움직이지 않는 것이다. 생물학적 나이야 어쩔 수 없지만 최대한 성숙하게 보이면 진하 샘의 마음이 흔들릴지도 몰랐다. 사랑은 움직이는 거니까!

나는 볼륨패드를 넣어 가슴이 한결 풍만해진 거울 속의 내 모습을 흡족한 마음으로 바라보았다. 작전의 효과가 나타났다.

"어, 오늘 어딘지 달라 보이는데?"

'앗싸!'

진하 샘의 둥그레진 눈을 보며 나는 속으로 환호성을 질렀다.

문제 풀이를 가까이에서 본다는 핑계로 그의 곁에 앉은 나는 조금도 조심하지 않고 몸을 숙여 가슴골이 드러나 보이게 했다. 머리를 쓸어 올려 목덜미를 드러내기도 하고 숨결이 느껴질 정도로 얼굴을 가까이 들이대기도 했다. 그러다 슬그머니 어깨에 머리를 기대려는 순간 진하 샘이 일어섰다.

"나 화장실에 좀 다녀올 테니 문제 풀고 있어."

머쓱해져 책으로 고개를 박았던 나는 곧 화가 치밀어 필통을 바닥에 내팽개쳤다. 펜들이 사방으로 굴렀다. 별 수 없이 펜들을 주워 모으다가 그의 가방 앞주머니 사이로 휴대폰 고리가 나와 있는 것을 보았다. 나는 침을 한 번 삼키고 아무도 없는 방 안을 둘러본 뒤 휴대폰을 꺼냈다. 허둥지둥 사진함을 연 나는 파일에 들어 있는 얼굴을 보는 순간 휴대폰을 떨어뜨릴 뻔했다.

말도 안 돼! 사진 속의 얼굴은 봄이였다. 나는 부들부들 떨리는 손으로 사진들을 차례로 열어 보았다. 온갖 다정한 포즈를 취한 사진을 눈앞에서 보면서도 믿기지 않았다. 진하 샘이 어떻게 봄이 같은 애를 좋아할 수 있는지 이해가 가지 않았다. 혹시 남매이거나 친척일지도 모른다고 생각했지만 사진 속의 모습은 연인 사이가 분명했다. 아이들이 떠들어 대는 봄이의 러브 스토리가 떠올랐다. 얼굴과 몸매가 안 되면 공부로라도 만회할 생각은커녕 허풍이나 떨어 대는 봄이도 그렇지만 그런 애의 3류 연애담에 이리저리 휩쓸리는 아이들이 더 한심해 관심조차 갖지 않았었다. 그런데도 봄이가 자기 남친이 잘생긴 한영대 경제학과 1학년생이라고 주장한다는 이야기는 뚜렷하게 생각났다. 나는 간신히 휴대폰을 제자리에 놓았다.

진하 샘이 돌아왔지만 나는 봄이가 여자 친구가 맞는지 확인하지 않았다. 확인하고 인정하기에는 자존심이 너무 상했다. 나는 진하 샘과 함께하는 마지막 과외라고 생각하면서 이를 악물고 남은 시간을 보냈다. 진하 샘이 가고 나면 과외 선생이 내게 자꾸 엉큼한 눈길을 보낸다고 엄마한테 말할 것이기 때문이다.

거기까지 정신없이 읽은 나는 머릿속이 멍해졌다. 은성이의 소설은 반 아이들에게 실제로 그런 일이 벌어지고 있을 거란 착각이 들 만큼 구체적이고 사실적이었다. 그런데 은성이의 뛰어난 재능과 상상력을 감탄만 하기에는 무언가 찜찜했다.

은성이는 이 소설을 왜 썼을까? 은성이가 이 소설을 통해 말하고 싶은 것은 무엇이었을까? 은성이의 소설에 등장하는 아이들은 담임인 내가 파악한 모습과는 판이하게 달랐다. 인간의 내면에 깃든 악마적 속성이나 보편적 심리를 다루고 싶었던 걸까? 아니면 자기 주위에 있는 아이들의 이면을 작가다운 예리한 관찰력으로 그려낸 것일까? 모든 것이 안개 속처럼 뿌옜다.

나는 머리를 흔들어 생각들을 털어 냈다. 내가 자꾸 이름과 비슷한 설정 때문에 소설 속의 인물에게 실제 인물을 대입시켜서 그렇지 그저 모두 허구일지 모른다. 이제 소설이 얼마 남지 않았다. 마지막까지 읽으면 해답을 찾을 수 있을 것이다.

10322, 드디어 그동안 이야기의 중심에 있었던 봄이 차례다.

10322

해후

크리스마스 방학이 시작됐다. 나는 방학이 끝나도 학교에 가지 않는다. 이미 친구와 선생님들과도 작별 인사를 나누었다. 아빠가 본사로 복귀하게 돼 새해 초에 한국으로 돌아가기 때문이다.

4년 전, 엄마는 아빠가 영어권 나라가 아닌 체코로 발령 난 것에 대해 몹시 불평을 했다. 그때는 아빠 혼자 가라고 했을 만큼 불만이던 엄마가 이번에는 체코에 남고 싶어했다. 이유가 나 때문이라고 했다.

"송이는 몰라도 봄이는 한국 가면 고등학교에 들어가는데 어떻게 한국 애들을 따라가라고?"

엄마는 다시 한국의 경쟁 사회에 뛰어들어 우리들을 뒷바라지할 자신이 없다고 했다. 엄마는 무뚝뚝하긴 해도 순박하고 검소한 체코 사람들과 문화에 정이 들었다면서 아빠에게 회사를 그만두고 체코에서 살자고 했다.

"한국 가 봐야 당신, 몇 년 못 다니고 명퇴당할 수도 있잖아."

엄마는 한국 관광객을 상대로 하는 한국 음식점이나 민박집을 차리겠다는 구체적인 사업 계획까지 세웠다. 하지만 아빠는 회사를 그만둘 생각도, 가족과 떨어져 살 마음도 없다고 했다. 심란해하면서도 떠날 날짜가 가까워 오자 고국에 대한 그리움을 새록새록 되살리며 설레어하는 엄마에 비해 나는 여전히 돌아가고 싶지 않았다. 공부 때문이 아니었다. 사실 나는 한국에 대해 좋은 기억이 많지 않았다.

한국에서 살 때 내 별명은 언제나 '뚱뚱한 것'과 연관이 있었다. 피아노를 잘 쳐도, 시험을 백 점 맞아도, 다른 아이들을 잘 도와줘도, 나는 언제나 뚱땡이거나 돼지였다. 학교에서도 학원에서도 마찬가지였다. 한국에 돌아간다고 하자 그동안 잊고 지냈던 일들이 떠올랐고, 날 놀려 대던 남자아이들의 목소리까지 생생하게 기억났다. 진하 오빠가 그 기억들을 더 구체화해 줄 것이라고 생각하자 그의 방문조차 달갑지 않을 정도였다.

진하 오빠는 크리스마스를 며칠 앞두고 약간 초췌한 모습으로 아빠를 따라 집에 왔다. 오스트리아 빈에서 넘어오는 그를 아빠가 퇴근길에 프라하 중앙역에 가서 태워 온 것이다. 20여 일 가까이 혼자 유럽 여행을 한 그는 마지막으로 프라하에서 크리스마스를 보낸 뒤 한국으로 돌아갈 예정이라고 했다. 이미 오빠의 엄마와 통화를 한 엄마는 그가 다른 곳에서 묵겠다고 하자 펄쩍 뛰었다. 엄마와 오빠네 엄마의 통화 내용으로 보아서는 여행 전 모자 사이에 무슨 갈등이 있었던 것 같았다.

"그래도 수시로 대학에 척하고 붙었으니 얼마나 효자야. 그 생각하고 속 풀어. 여기서 잘 지내다 돌아가게 할게."

엄마가 그의 엄마에게 말했었다.

지난여름 사촌들이 다녀간 뒤 처음 맞이하는 손님 때문에 송이는 흥분 상태였다. 송이는 더 어려서부터도 사람들을 아주 좋아했다. 낯선 사람을 보면 새로운 세계를 만난 듯 호기심을 주체하지 못했다. 하지만 나는 사람들을 그다지 좋아하는 편이 아니었다. 한국에서 오는 손님들이라면 더더욱. 친척들은 물론 평생에 몇 번 만나지 않았던 사람들도 내 몸무게를 대 놓고 물었고, 더 살이 쪘다느니, 운동 좀 하라느니 말들이 많았다. 더러는 돌아서서 혀를 차는 사람도 있었다. 그들이 돌아가고 나면 엄마는 전과 다름없이 먹는 내게 짜증을 부리거나 밥의 양을 줄이곤 했다.

엄마는 한동안 한국 음식을 먹지 못했을 오빠를 위해 한국 식료품점에 가서 사 온 재료들로 잡채와 불고기를 만들어 식탁에 올렸다. 네 식구에서 한 사람 더 늘었을 뿐인데도 식탁이 가득한 것 같았다. 나는 밥을 먹으면서 자꾸 그를 훔쳐보았다. 내게 슬그머니 초콜릿 같은 것을 건네주던 소년은 어디에도 없었다. 그는 정신없이 먹다가 아빠가 맥주를 권하자 숟가락을 놓으며 허둥지둥 받아들었다. 맥주 거품이 넘치자 당황하는 그를 보고 송이가 킥킥 웃었다. 나를 슬쩍 바라보다 내 눈과 마주친 그가 얼굴을 붉혔다. 비로소 예전의 모습이 보였다.

어린 시절의 좋은 기억 가운데 한 부분은 진하 오빠와 관계된 것들이다. 함께 피아노를 배울 때 오빠는 한 번도 날 놀린 적이 없었다. 내게 항상 따뜻하고 친절하게 대해 주었으며 날 놀리는 아이들과 다투기도 했다. 그 때문에 오빠도 아이들한테 놀림을 받곤 했다. 그동안 잊고 있던 것이 신기할 정도로 오빠와 연관된 다른 기억들이 넝쿨 식물처럼 연이어 떠올랐다. 마지막 보았던 날도 생각났다.

한국을 떠나기 전 엄마, 그리고 송이와 함께 그의 집에 놀러 갔었다. 오빠네 엄마가 점심을 해 준다고 초대했던 것이다. 일요일인데도 그는 집에 없었다. 친구들과 야구를 하러 갔다고 했다. 점심을 먹은 뒤 놀고 있는데 오빠가 돌아왔다. 오래간만에 보는 터라 반가워 내가 먼저 인사했으나 그는 얼굴이 빨개져 자기 방으로 들어가선 우리가 갈 때까지 나오지 않았다. 그러고 4년이 지나서 다시 만나게 된 것이다.

그날 밤 나는 앨범을 꺼내, 턱시도와 드레스를 갖춰 입고 피아노 앞에 앉아 있는 소년과 소녀의 사진을 들여다보았다. 나는 여전히 뚱뚱한 채인데 수줍음 많은 소년이었던 오빠는 훤칠해서 눈부신 청년이 돼 있었다. 나는 사진 속의 내 몸을 손가락으로 문질렀다.

루벤스의 여인

다음 날부터, 크리스마스 휴가 동안 환송회를 겸한 모임이 줄지어 있어 바쁜 부모님 대신 내가 진하 오빠에게 프라하를 안내해 주게 됐다.

"봄이가 웬만한 가이드보다 나을 거야."

아빠가 그에게 한 말은 사실이었다. 그동안 한국에서 친척들이 왔을 때도 프라하 안내는 내 담당이었다. 우리는 프라하 외곽에 살았지만 나는 시내의 거리, 광장, 골목, 언덕 등 프라하 구석구석 모르는 곳이 없었다.

"혼자 다니고 싶으면 그렇게 해도 돼요. 내가 프라하 시내 지도에서 갈 만한 곳을 체크해 줄게요."

나는 그가 그동안 해 온 여행의 마무리도 혼자 하고 싶을지 모른다고 생각했다. 아니, 사실은 그가 나와 함께 다니고 싶지 않을 거라고 생각해서 한 말이었다. 프라하는 관광의 도시이며 청춘의 도시이다. 어디에나 세계 각 나라에서 온 젊은이들이 넘쳐흐른다. 그런 곳을 나와 함께 다니고 싶은 남자는 없을 것이다.

"그동안 지겹도록 혼자 다녀서 이젠 싫은데."

그가 웃으며 말했다. 그와 함께 프라하 거리를 걸을 것을 생각하니 기분이 좋았다.

우리는 아침을 먹고 함께 집을 나섰다. 프라하의 찬바람이 온몸을 파고들었다. 두꺼운 파카를 입으면 더 뚱뚱해 보일까 봐 니트로 된 코트를 입은 때문이었다. 그나마 귀를 덮는 모자를 쓴 것이 다행이다.

그가 내 모습을 위아래로 훑어보았다.

'내 모습이 이상한가?'

나는 내 몸을 감추고 싶었다. 그런데 그가 자기 목도리를 풀어 내 목에 감아 주었다.

"넌 프라하에 살아서 이 정도 날씨야 괜찮은지 모르겠지만 내 눈에 너무 추워 보여서 안 되겠어."

머리 위에서 들리는 그의 음성과 목도리를 매만지는 손길에 가슴이 두근거렸다.

"오빠도 추울 텐데……."

나는 간신히 말했다.

"차라리 내가 추운 게 나아. 그리고 난 이러면 돼."

그는 폴라 스웨터의 접혔던 목 부분을 펴고 외투의 깃을 세웠다. 목도리 하나 더 했을 뿐인데 금세 온몸이 따뜻해지는 것 같았다.

"자, 이제 어디로 갈 건지 안내해 보세요, 가이드님."

그가 장난스레 말했다.

사실 프라하는 그리 넓지 않기 때문에 유명한 곳만 보려면 하루로도 족했다. 바츨라프 광장에서 출발해 천문시계, 구시가 광장과 킨스키궁, 그리고 화약탑과 까를 다리를 거쳐 프라하 성과 미술관에 갔다가, 연금술사들이 살았고 카프카의 작업실이 있었던 황금소로로 마무리 짓는 코스를 제안했다.

"진짜 가이드 같네."

나의 브리핑에 그가 웃으며 말했다. 한국에서 오는 친척들을 위해 여행사의 일정을 참고해서 짠 일정이었다.

"며칠 있을 거니까 너무 바쁘게 다니지 말자. 너는 그중에서 어디가 젤 좋아?"

그가 물었다. 그동안 남들이 다 가는 유명한 곳을 묻는 사람은 많았지만 내가 좋아하는 곳을 묻는 사람은 처음이었다.

"킨스키궁하고 황금소로, 그리고 비셰흐라드 언덕이요. 구시가 광장에 있는 킨스키궁에는 카프카가 다녔던 김나지움이 있구요. 황금소로에는 카프카의 작업실이 남아 있어요. 그곳은 관광객이 없을 때 가는 게 좋아요."

관광객이 뜸해진 시각에 작은 집들이 다닥다닥 붙어 있는 황금소로를 걷노라면 어느 집에선가는 연금술사가 금을 만들어내기 위해 커다란 냄비 속을 젓고 있을 것 같고, 모퉁이를 돌면 사색에 잠겨 걷고 있는 카프카와 마주칠 것만 같았다.

"카프카? '변신' 쓴 프란츠 카프카?"

"네. 오빠도 카프카 잘 알아요?"

반가워 물었다.

"잘 아는 건 아니고 좀 알지. 카프카의 작품들은 대부분 정체성을 상실한 인간의 불안과 소외를 그리고 있잖아. 세상으로부터 짓눌린 인간의 내면을 독창적인 상상력으로 표현하고 있고."

그가 말했다.

중학교 2학년 때 카프카의 단편소설 「변신」을 처음 읽고, 나는 벌레로 변한 그레고르 잠자가 나 자신처럼 여겨져 눈물을 펑펑 흘리며 울었다. 그다음부터 카프카가 좋아져 그의 작품을 찾아 읽고 그의 생애와 흔적에 대해 관심을 갖게 됐다. 프라하가 더 좋아진 것도 카프카 덕분이었다. 그런데 그가 카프카에 대해 본격적인 연구라도 한 것처럼 말하자 새삼스레 더 반가워졌다. 내가 존경 어린 눈으로 쳐다보자 그가 막 웃으며 말했다.

"미안, 미안! 실은 외운 걸 읊은 것뿐이야. 한국에서 대학 가려면 카프카의 '변신' 정도는 제목이라도 알고 있어야 하거든."

"뭐예요! 난 또 카프카에 대해서 정말 잘 아는 줄 알았네."

"니가 그렇게 좋다니까 어떤 작품인지 읽어 보고 싶은데. 한국 가면 꼭 읽어 볼게."

나는 그가 내 말에 관심을 가져 주는 것이 좋았다.

우리는 트램을 타고 우선 바츨라프 광장으로 갔다. 추운 날씨인데도 광장에는 사람들이 많이 있었다. 멋진 남자들만 훔쳐보던 예전과는 달리 여자들이 자꾸만 눈에 들어왔다. 날씬한 허리와 가늘고 긴 다리를 가진 여자들은 나와 비교가 돼서, 뚱뚱한 여자들은 내 모습을 비추는 거울 같아서 신경이 쓰였다. 특히 그의 눈길이 뚱뚱한 여자들에게 머물면 나는 잔뜩 위축됐다. 한국에 돌아가면 지금처럼 내 몸을 의식하면서 살아야 한다는 사실이 실감 났다.

노점에서 점심을 사 먹기로 했지만 너무 추워 골목에 있는 식당으로 갔다. 동유럽의 전통 음식인 굴라쉬를 먹고 커피를 마시는 사이 그가 배낭에서 작은 노트를 꺼냈다. 드로잉 수첩이라고 했다. 그는 수첩을 펼쳐 무엇인가 그리기 시작했다. 손놀림이 거침없었다.

"오빠, 그림도 그려요?"

"그림도라니. 어렸을 때 장래 희망이 화가였다구. 이제는 취미가 됐지만."

"피아노 쳤었잖아요."

"그건 엄마가, 남자도 피아노 정도는 칠 줄 알아야 한다고 보내서 다닌 거지. 난 피아노 치는 것보다 그림 그리는 걸 훨씬 더 좋아했어."

"억지로 다닌 건데도 그렇게 잘 쳤단 말이에요?"

도대체 못하는 게 뭐람. 나는 위축감과 더불어 열등감까지 느끼며 카페라떼의 거품을 핥았다.

"처음엔 억지로 가기 시작했지만 나중엔 누구 보는 재미에 열심히 다녔지."

"누구 보는 재미? 누구요?"

아슴아슴한 기억 속에서 같이 학원에 다녔던 여자 상급생들을 불러내던 나는 그가 나와 드로잉 수첩을 번갈아 보면서 무언가를 그리고 있음을 알아차렸다.

"어? 지금 뭐 그리는 거예요?"

나는 그가 말한 '누구'에 대한 생각을 잊어버렸다.

"너 그리고 있으니까 잠깐만 가만히 있어 봐."

나는 황급히 커피잔을 내려놓고 팔을 저었지만 그는 그림 그리는 손을 멈추지 않았다.

"자꾸 움직이면 이상하게 그린다."

그건 싫었다. 자연스럽게 보이려고 애썼지만 카메라의 피사체가 될 때보다 훨씬 더 긴장이 됐다. 사진에도 찍는 사람의 마음이 담긴다지만 그림만큼 주관적이지는 않을 것이다. 외투를 벗어 놓아 몸매가 그대로 드러나는 것도 마음에 걸렸다. 시험장에서 면접관 앞에 선 것처럼 긴장된 순간이 지난 뒤 그가 드로잉 수첩을 내게 건네주었다. 떨리는 마음으로 그림을 보는 순간 나는 실망하고 말았다. 수첩 속엔 내가 생각하는 것보다 훨씬 더 울룩불룩하고 뚱뚱한 모습의 내가 담겨 있었다.

"오빠 눈엔 정말 내가…… 이렇게 생겼어요?"

나는 간신히 표정 관리를 하며 '뚱뚱해 보여요?'를 '생겼어요?'로 바꾸어 물었다. 그리고 대답이 어떻든 그림을 달래서 천만조각으로 찢어 버려야겠다고 마음먹었다.

"그래. 루벤스 그림에 나오는 여인 같아."

루벤스 그림을 잘 알지 못했지만 아무튼 유명한 화가의 그림 속에 나오는 여인 같다니 나쁘다는 의미는 아닌 것 같았다. 나는 기분이 좋아져 카페라떼를 단숨에 마시곤 입가의 거품을 핥았다. 달콤했다.

그리곤 집에 오자마자 인터넷으로 루벤스의 그림을 검색해 보았다. 화가도 모른 채 무심코 보았던 그림들이 주르륵 떴다. 풍만한 엉덩이와 허벅지, 겹치는 뱃살을 지닌 여자들이 많았다. 요즘 미의 기준으로는 결코 예쁜 모습이 아니었다. 나는 그가 준 그림 속 나와 그 여자들을 번갈아 보았다. 옷을 입고 있는데도 굳이 울룩불룩한 몸의 선을 표현한 그의 저의가 의심스러웠다. 내가 그 여자들 같다는 게 어떤 의미인지도 혼란스러웠다.

혹시 날 놀리는 걸까? 하지만 그렇게 생각하기엔 그는 따뜻하고 친절했다. 친절한 것도 뚱뚱한 내가 불쌍해서는 아닐까? 어릴 때 놀림받던 나를 보호해 줬던 것처럼. 루벤스 그림에 나오는 여인들 같아. 나는 그가 했던 말을 수없이 되뇌어 보며 그 안에 담긴 뜻을 파악하고자 애썼지만 풀려고 하면 할수록 더 헝클어지는 실타래처럼 머릿속만 더 복잡해질 뿐이었다.

언덕 위의 풍경

둘째 날은 기차를 타고 프라하 남서쪽에 있는 중세 마을 체스키크룸로프에 다녀왔다. 세월이 멈춰 선 듯한 그곳은 내가 프라하 다음으로 좋아하는 곳이었다. 거리와 건물의 역사와 유래에 대해 아는 대로 열심히 설명하다 보면 그는 웃음 띤 얼굴로 풍경이나 건물이 아니라 날 바라보고 있곤 했다. 그의 눈길에 마음이 설렐 때마다 나는 루벤스의 그림과 그가 그려준 내 모습을 떠올렸다.

여행 셋째 날, 우리는 하얀 입김을 내뿜으며 내가 다녔던 학교, 서점, 공원, 거리, 골목 들을 할 일 없는 사람들처럼 돌아다녔다. 곳곳에 나의 지난 4년이 깃들어 있었다. 그가 자신은 지난 4년 동안 공부밖에 한 게 없었다면서 프라하에서 보낸 내 이야기를 해 달라고 했다. 비에 젖어 지붕의 붉은 색이 더욱 깊은 색으로 빛나던 프라하의 첫 인상부터 이야기하는 동안, 즐겁고 행복했던 기억은 물론 힘들고 슬펐던 기억까지도 추억이 돼 가슴에 고스란히 남아 있음을 느꼈다.

이야기를 나누며 걷다가 힘들면 아무 곳에나 앉아 쉬었고, 배가 고프면 길에서 팔라치킨과 란고쉬를 사 먹었다. 그리곤 오랜 세월 사람들 발길에 반질반질해진 돌길을 걸어 프라하 풍경을 볼 수 있는 비셰흐라드 언덕으로 올라갔다.

나는 프라하 성보다 이곳에서 보는 시내 풍경이 더 좋았다. 그에게 그 풍경을 보여 주고 싶었다. 언덕에는 성당과 묘지가 있었다. 그가 묘지 안으로 들어가자고 했다.

"드보르자크나 네루다 같은 유명한 사람들도 묻혀 있어요."

갖가지 모양의 묘비와 꽃으로 꾸며진 묘지에는 죽은 이의 가족보다는 관광객이 더 많아 보였다. 사람들은 묘비에서 유명한 이름을 찾아내고는 호들갑을 떨지만 정작 무덤 속에 누운 사람을 추모하지는 않았다. 그는 갑자기 말이 없어져 묘비 사이를 천천히 걷기 시작했다. 그는 내가 알려준 유명한 사람의 묘지에는 관심도 없는 대신 누군지 모를 사람의 묘비 앞에 멈춰 서서 멍하니 바라보곤 했다.

묘지를 나와서도 그는 한동안 말이 없었다. 나는 그가 무슨 생각을 하는지 궁금하긴 했지만 캐묻지는 않았다. 사람들은 누구에게나 혼자만의 시간이 필요한 법이므로. 나는 그저 그의 옆에 서서, 이곳을 떠나면 언제 또 올지 모르는 프라하 시내를 내려다보았다. 혼자였다면 많이 슬프고 쓸쓸했을 텐데 그와 함께여서 좋았다.

그가 주머니에서 무엇인가를 꺼낼 때 지갑이 함께 딸려 나와 바닥에 떨어졌다. 대신 주워 드는데 펼쳐진 지갑 속의 사진이 눈에 들어왔다. 뚱뚱한 여자가 아기를 안고 있는 모습이었다.

"누구 사진이에요?"

나는 지갑을 건네주며 물었다. 그의 입가에 미소가 피어났다.

"우리 이모랑 나. 나 애기 때야. 어때? 나 같아?"

그가 지갑을 활짝 펴서 내게 보여 주었다. 솔직히 나는 그의 아기 때 모습보다 미래의 나를 보는 것 같은 뚱뚱한 여자가 더 눈에 들어왔다. 이모라는 여자는 날씬하고 세련된 모습으로 기억되는 그의 엄마와 조금도 닮지 않았다. 전혀 자매 같아 보이지 않는다고 하자 그가 말했다.

"친이모는 아니고 엄마의 먼 친척 언니야."

"그런데 그 사진을 왜 갖고 다녀요?"

가족이나 여자 친구가 아닌, 먼 친척과 함께 찍은 사진을 지갑 속에 넣고 다니는 사람은 흔치 않을 것이다.

"나한테는 엄마나 다름없는 분이야. 직장 다니는 엄마 대신 열 살까지 같이 살며 키워 주셨거든."

"되게 좋아하나 봐요. 사진까지 갖고 다니는 걸 보면."

그가 누군가를 많이 좋아한다는 생각만으로도 가슴 밑바닥이 아릿한 느낌이 들었다.

"항상 갖고 다니지는 않아. 여행 오면서 넣어 온 거지. 이모한테 나중에 세계 일주 시켜 주겠다고 큰소리쳤었거든."

"그래 놓고 대신 사진 가져 온 거예요?"

나는 말하며 웃다 멈추었다. 그가 웃지 않았기 때문이다.

"이젠 함께 오고 싶어도 못 와. 얼마 전에 돌아가셨거든."

나는 예기치 못한 그의 말에 무슨 대꾸를 해야 좋을지 몰라 지갑 속의 사진만 들여다보았다. 뚱뚱한 아줌마와 아기는 조금도 닮지 않았지만 환하게 웃는 표정만은 같았다. 내가 당황한 것을 눈치챘는지 그가 짐짓 쾌활한 목소리로 말했다.

"이 사진은 이모와 내가 함께 찍은 첫 사진이래. 기억은 안 나지만 이모와 이렇게 아기 때부터 함께 있었다는 걸 생각하면 행복한 기분이 들어. 그래서 이 사진을 가장 좋아해."

그가 갑자기 사진이 프라하 시내 쪽으로 향하도록 지갑을 들고는 말했다.

"이모, 저 아래 보이는 도시가 프라하야. 근사하지? 내 옆에 있는 귀여운 아가씨는 봄이구. 그동안 많이 이야기해서 잘 아는 사이 같지?"

그가 이번엔 사진을 내 쪽으로 돌렸다. 나는 그의 이모가 실제 앞에 있는 듯 쑥스러우면서도 머릿속은 그가 방금 한 말을 반복해서 재생하느라 분주했다. 귀여운 아가씨라고? 4년 만에 만난 건데 그동안 내 이야기를 많이 했다는 게 무슨 소리지? 언제, 무슨 이야기를 한 걸까? 직접 묻고 싶었지만 용기가 나지 않았다. 아니, 내 마음대로 상상하는 게 더 좋았다.

"봄, 너도 우리 이모한테 인사해."

그의 말에 나는 얼결에 사진에 대고 꾸벅 고개를 숙였다.

"인사하란다고 진짜 고개를 숙이냐!"

그가 웃음을 터뜨렸다. 뭐예요, 내가 주먹을 쥐자 그가 지갑을 주머니에 넣으며 도망쳤다. 나는 그를 쫓아갔다. 몇 걸음 가지 않아 숨이 찼지만 마음은 둥실둥실 떠다니는 것 같았다. 내가 좋아하는 비셰흐라드 언덕에, 떠올리면 가장 행복할 또 하나의 추억이 보태졌다.

"고마워요, 오빠. 덕분에 행복한 기분으로 프라하와 작별 인사를 할 수 있게 됐어요."

나란히 걷게 됐을 때 그에게 말했다. 진심이었다.

"그럼 나중에 프라하 생각할 때 내 생각도 함께해 줄 거야?"

내가 대꾸할 말을 찾지 못해 잠시 망설이는 사이 그가 덧붙였다.

"예전처럼 편하게 말하면 안 될까? 나는 그게 좋은데."

나는 그와 이야기를 나누던 예전의 기억을 더듬어 보았다. 그때는 무엇이든지 마음대로 이야기하고 까불기도 하고 응석도 부렸던 것 같다. 그 생각을 하자 마음속에 따뜻한 기운이 퍼지는 것 같았다.

"오빠는 항상 나한테 좋은 기억만 만들어 주는 것 같아. 한국에서도 그랬고, 여기서도 그러네. 그것도 고마워."

존댓말을 쓰지 않자 다시 그전으로 돌아간 것 같았다. 그가 기쁜 듯이 환하게 웃으며 내 손을 잡았다. 장갑을 끼고 있는 것이 애석했다.

"우리 좋은 기억 더 만들러 가자."

나는 그런 그가 어제보다 오늘, 그리고 지금 이 순간 더 좋아졌다. 그와 곧 헤어져야 한다고 생각하니 마음이 텅 비는 것 같았다.

크리스마스 쿠키

12월 23일, 프라하에는 눈이 내렸다.

"오늘 미리 오면 어떻게 해. 내일 와야지 화이트 크리스마스가 되지."

송이가 창밖을 보며 안타까워했다. 거실에는 네 번째 사용하는 트리가 크리스마스 분위기를 물씬 풍기고 있었다.

나는 엄마와 함께 크리스마스 쿠키인 바노취카와 생강 쿠키를 더 구웠다. 이곳에선 12월 초부터 크리스마스 쿠키를 만들어 이웃들과 나눠 먹는 풍습이 있는데 작별 인사를 위해 더 필요했기 때문이다.

혼자 나갔다 오라고 했으나 오빠는 집에서 쿠키 만드는 것을 거들거나 송이와 보드 게임을 하며 놀아 주었다. 나중엔 나도 함께했는데 송이는 오빠를 독차지하지 못해 안달이었다. 엄마가 진하 같은 아들이 있으면 좋겠다고 했을 때 송이가 엄마에게 쫓아가더니 귀에다 무슨 말인가를 속삭였다. 엄마는 송이의 말을 듣고는 눈물까지 흘려 가며 웃어 댔다.

그날 밤, 송이가 잠든 뒤 아빠와 그가 맥주를 마실 때 엄마가 송이의 말을 전해 주었다.

"크면 진하랑 결혼할 거래."

엄마는 또다시 웃음을 터뜨렸고, 그와 나도 함께 웃었다. 그런데 그때 아빠가 진지한 어조로 말했다.

"진하 같은 사위라면 대환영이지."

그가 머쓱한 미소를 지으며 나를 힐끗 바라보았다. 나는 농담도 구분 못하고 분위기를 썰렁하게 만드는 아빠의 주책에 창피하고 화가 났지만 카드를 쓰느라 못 들은 척했다. 다음 날 낮에 있을 마지막 작별을 위한 카드였다. 직접 구운 쿠키와 함께 패트릭에게 줄 계획이었다. 한국으로 돌아가기 전 패트릭과 점심도 먹고 구시가 광장 근처의 스케이트장에 가기로 약속이 돼 있었다.

패트릭의 아빠는 아빠네 회사의 현지 책임자였다. 체코 생활에 적응하기까지 우리는 패트릭네 가족의 도움을 많이 받았다.

나는 나와 동갑인 패트릭과 그의 누나 율리니크 덕분에 체코어도 빨리 배웠고 학교에도 잘 적응했다. 패트릭은 나중에 한국에 가서 더 배우고 싶어 할 만큼 태권도에 흠뻑 빠져 있었다. 지난 가을, 한국에서 고등학교에 다녀야 하는 나는 김나지움에, 공예가가 되려는 패트릭은 기술학교에 들어가면서 헤어졌지만 우리는 여전히 통화하고 가끔씩은 만나기도 하는 사이였다.

나는 친구지만 패트릭의 기억 속에 예쁜 모습으로 남고 싶어 화장도 하고 한껏 멋을 낸 뒤 집을 나섰다. 그런데 혼자 시내 구경을 하겠다며 먼저 나간 진하 오빠가 밖에서 기다리고 있었다. 자기도 스케이트장엘 가 보고 싶다는 것이었다. 패트릭에게 미리 이야기하지 않은 터라 좀 난처했지만 그에게 고국에서 온 오빠를 소개하고 싶기도 했다. 나는 진하 오빠와 함께 패트릭을 만나기로 한 패스트푸드점으로 갔다. 가는 동안 오빠가 나와 패트릭의 사이에 대해 물었다. 패트릭과 사귀는 사이라거나 패트릭이 날 좋아한다는 말을 할 수 있다면 좋겠지만 우리는 단지 친구 사이일 뿐이었다.

두 달여 만에 만나는 패트릭은 그사이 더 큰 것 같았다. 셋이 말할 때는 오빠하고도 통하는 서툰 영어를 사용했지만 패트릭과 말할 때는 체코어가 편했고 오빠와 말할 때는 한국말이 편했다. 세 가지 언어가 뒤섞인 것처럼 셋의 만남도 약간은 어수선하고 복잡했다. 특히 중간에 낀 나는 이쪽저쪽 신경 쓰느라 바빴다. 하지만 패트릭에게 자랑할 만한 그와, 그에게 뒤지지 않는 패트릭과 함께 있는 것이 은근히 기분 좋았다.

점심을 먹은 뒤 우리는 스케이트장에 갔다. 나와 패트릭은 스케이트가 있었고 오빠는 돈을 주고 빌렸다. 스케이트장은 만원이어서 이리저리 부딪혔지만 사람들 틈 사이로 달리는 재미도 나름 괜찮았다. 나는 스케이트 타는 걸 좋아했다. 빙판 위를 슥슥 미끄러질 때면 내가 뚱뚱한 아이라는 것을 잊을 수 있었다. 한참 타다 보면 내 몸이 진짜 날렵하고 가벼워진 듯한 착각까지 들었다. 사실 오빠는 스케이트보드나 인라인스케이트는 많이 타 보았지만 스케이트를 타 본 적은 거의 없다고 했다. 그런데도 몇 번 비틀거린 뒤 걱정하지 않아도 될 만큼 타게 됐다.

두 시간을 탄 뒤 우리는 스케이트장을 나와 노천카페에서 음료수를 마셨다. 내가 패트릭에게 쿠키와 카드를 주자 패트릭도 내게 크리스마스 선물을 주었다. 직접 만든 유리 백조였다.

"아직 실력이 형편없지만 정성 들여 만든 거니까 받아 줘."

패트릭은 헤어질 때 나를 안고 내 뺨에 자기 뺨을 갖다 댔다.

그가 부루퉁했던 것은 그 때문이었다. 나중에 그는, 날 끌어안는 패트릭을 패 주고 싶은 걸 간신히 참았다고 했다.

"치, 패트릭이 태권도를 얼마나 잘하는데 괜히 맞으려고."

내가 웃으며 말하자 그가 발끈했다.

"왜 이래. 나도 검은 띠까지 땄어."

"정말? 언제?"

"육 학년 때. 내가 왜 태권도를 배웠는지 알아?"

"왜?"

"너 지켜 주려고."

그의 비너스

까를 다리 위의 프러포즈와 키스로 연인이 된 우리는 곧 이별을 해야만 했다. 한 달도 안 돼 한국에서 다시 만나겠지만 내게는 그동안 살아온 내 인생을 다 합친 것보다도 더 긴 시간이었다. 그사이 메일도 주고받고 메신저도 하고 문자도 하고 통화도 했지만 내 가슴속은 수백 년 자리 잡고 있던 나무둥치가 뽑혀 나간 듯 허전했다. 그렇게 좋던 프라하를 떠날 날만 손꼽아 기다려졌다. 나는 한국에서 기다려 주는 그 덕분에 프라하와 기쁘게 작별할 수 있었다.

하지만 한국으로 오는 비행기를 타자, 그의 프러포즈가 세상을 떠난 이모에 대한 그리움과 이국에서의 감상 탓이었는지도 모른다는 생각이 문득 들었다. 그러자 더 이상 다른 이유는 떠올릴 수도 없을 만큼 확고한 사실로 자리 잡았다. 나는, 그의 고백이 기분 좋은 꿈이었을 수도 있다고, 그렇더라도 실망하지 말자고 나 자신에게 수없이 되뇌었다.

하지만 다시 만난 그는 조금도 달라지지 않았다. 엄마가 그에게 내 과외를 부탁한 덕분에 우리는 더욱 자주 만날 수 있었고, 더 가까워졌다. 그가 아이스링크에서 정식으로 프러포즈를 했던 날 나는 그에게 날 왜 좋아하는 거냐고 물었다. 그를 좋아하지만 그 때문에 자신감 없어 하면서 전전긍긍하거나 괴로워하고 싶지 않았다.

"좋아하는 데 이유가 있어야 하는 건가?"

그가 되물었다.

"혹시 이모를 닮아서야?"

궁금했던 것을 물었다. 솔직히 용기가 필요한 질문이었다.

"왜 그런 생각을 했지?"

"여행 때 사진을 갖고 다닐 만큼 이모는 오빠한테 특별한 사람이고, 음, 내가 그분을 닮은 것 같아서……."

나는 사진 속의 뚱뚱한 여인을 떠올리며 말끝을 흐렸다.

그가 잠시 나를 바라보다 이야기하기 시작했다.

"니 말대로 이모는 내게 특별한 사람이야. 그런데 장례식에도 가지 못했어. 수능 며칠 전에 돌아가셨는데 엄마가 알려주지 않았거든. 그 때문에 엄마하고 한동안 안 좋았을 정도였지. 여행 가면서 사진을 넣어 간 건 그렇게라도 어렸을 때 이모한테 한 약속을 지키고 싶어서였어. 이제는 이모한테 아무것도 해 줄 수 없게 됐으니까. 그리고 넌 이모를 닮지 않았어. 이모보다 니가 훨씬 더 예뻐. 나는 니가 너라서 좋은 거야. 굳이 이유를 말하라면, 어릴 때 보았던 니가 내 이상형으로 자리 잡아서 그 뒤에 다른 여자애들을 만나도 너만큼 좋아지지 않았어."

어릴 때의 나는 아이들 놀림에 바보처럼 대항도 제대로 못하고 늘 주눅 들어 있었다. 나는 그에게 그런 내가 어디가 좋았냐고 물었다.

"겉으로는 그랬겠지. 하지만 넌 그런 것들 때문에 니 자존감을 잃은 적이 없어. 순수하고 착하고 맑은 영혼을 가진 너 자신을 망가뜨린 적도 없고. 물론 그때는 나도 어릴 때여서 이런 생각들을 조리 있게 표현하지 못했지만 직관으로 느끼고 있었던 것 같아. 프라하로 가면서 니가 달라졌으면 어쩌나 하는 걱정을 많이 했어. 하나도 달라지지 않은 널 만났을 때 내가 얼마나 기뻤는 줄 알아? 사 년 내내 니 생각을 했었다는 걸 널 보는 순간 깨달았어. 첫날부터 너한테 고백하고 싶은 걸 참느라 내가 얼마나 애썼는지 넌 모를 거야."

그의 말 한마디 한마디에 담긴 진심이 그대로 느껴졌다. 눈물을 간신히 참고 있는 내게 그가 물었다.

"그럼 이번엔 내가 물을게. 너는 날 왜 좋아하지?"

그의 물음에 내 머릿속에는 수백 가지의 이유가 떠올랐다. 하지만 '그냥, 오빠라서'라는 생각이 수백 가지의 이유를 덮었다. 나는 아무런 말도 하지 못한 채 눈물을 흘렸다. 그가 내 눈물을 닦아 주곤 가만히 안아 주었다.

내가 묻고 싶었던 말을 직설적으로 하자면 '오빠라면 얼마든지 더 예쁘고 날씬한 여자를 사귈 수도 있는데 왜 나를 좋아하는 거야?'였다. 솔직히 낯간지러울지라도 그로부터 '그런 여자들보다 네가 백만 배는 더 예뻐.'라는 대답을 듣고 싶었다. 하지만 나는 묻지 않았다. 그건 우리의 사랑에 대한 예의가 아니기 때문이다. 나는 차츰 그와의 사랑에 당당해졌다.

그가 곁에 있어 나는 큰 두려움 없이 한국 생활을 시작할 수 있었다. 그래도 내 또래 아이들이 있는 학교와 양이 엄청나다는 공부는 많이 겁났다. 그에게 미리 한국의 고등학교에 대한 정보를 듣지 않았더라면 입학식날부터 시작된 야간 자율학습에 놀라 도망쳤을지도 몰랐다.

4년간의 공백으로 친구가 하나도 없던 나는 수련회에서 아이들이 내게 보여 준 폭발적인 관심이 어리둥절하면서도 좋았다. 내게는 남자 친구도 소중했지만 힘든 시간을 함께 나누고 견뎌 나갈 학교 친구들도 소중했다. 그래서 아이들이 내게 관심을 가져 주는 것이 기분 좋고 행복했다.

물론 나는 그것이 내 이야기를 통한 대리만족 때문이라는 것을 알았다. 그렇더라도 공부에 짓눌린 아이들이 내 이야기를 들으며 잠시나마 즐거움을 느낀다면 내게 보여 주는 관심의 의미가 어떻든 상관없었다. 프라이버시에 해당하는 이야기까지 숨기지 않고 해 준 것도 그 때문이었다. 따지고 보면 그것이 오로지 아이들을 위한 것만도 아니었다. 이야기를 하는 동안 그와 함께한 시간들을 또다시 떠올릴 수 있는 것이 좋았고 아이들이 재미있어하는 것을 보면 큰일을 한 것처럼 내 자신의 존재감이 느껴졌다. 지난 월요일 저녁까지 나는 그렇게 생각했다.

진실 게임

월요일 저녁, 식당에서 급식을 먹고 돌아오니 그가 보낸 꽃 상자가 책상 위에 있었다. 하트 모양으로 생긴 상자 가득 장미꽃과 카드가 들어 있었다. 내가 읽기도 전에 카드가 이 애 저

애 손으로 옮겨 다녔다.

"봄봄, 오늘은 우리가 사귄 지 이백일 되는 날이야."

"봄봄, 이천일, 이만일도 함께하자!"

"봄봄, 사랑해!"

나는 다른 아이 입을 통해 꽃 상자가 우리가 연인이 된 지 200일을 축하하는 것임을 알았다. 남의 것을 함부로 대하는 아이들 때문에 기분이 좀 상했지만 부러움 섞인 호의일 것이라고 생각하며 참았다. 호들갑을 떨며 깍깍거리던 아이들이 그가 만들어 준 내 애칭을 불러 대며 졸랐다.

"봄봄, 어제 데이트한 얘기 해 줘!"

"봄봄, 어제는 어디서 만났어?"

일요일, 출장을 가는 아빠와 함께 엄마와 송이도 프라하로 떠났다. 한 가족처럼 지내던 패트릭의 할머니가 돌아가셨다는 소식에 엄마도 동행한 것이다. 한국으로 돌아온 뒤 프라하를 가장 그리워한 사람은 내가 아니라 엄마였다. 나도 가끔씩, 패트릭네 할머니댁의 아름다운 정원과 할머니가 구워 주시던 빵 맛이 생각나곤 했다.

엄마는 일주일이나 혼자 집에 있어야 하는 내가 걱정이 돼 함께 가자고 했다. 나도 남자 친구와 반 친구들이 내 곁에 없었다면 프라하에 갔을 것이다. 선생님이 허락을 안 해 주면 무단

결석을 하고서라도 말이다. 냉장고에 먹을 것을 가득 채워 놓은 것으로도 모자라 일주일에 두 번씩 오는 가사도우미 아줌마에게 신신당부를 한 뒤 엄마는 프라하로 떠났다.

그는 혼자 남은 나를 야구장에 데려가 주었다. 우리는 응원 도구를 들고 홈팀을 열렬히 응원했다. 마음껏 지르는 함성과 함께 일주일 내내 공부하느라 쌓였던 스트레스가 사라지는 듯했다. 그는 경기를 즐겼고 나는 응원을 즐겼다.

6회 말이 끝나고 키스 타임 시간이었다. 갑자기 주변의 사람들이 우리를 보고 박수를 치며 키스해! 키스해! 외쳤다. 전광판에 우리의 모습이 비치고 있었다. 다른 커플의 모습도 연달아 비쳐졌지만 우리 주위의 사람들은 계속 우리를 보며 박수를 쳤다. 잠시 머뭇거리던 그의 얼굴이 가까이 다가왔다. 운동장이 떠나갈 듯한 함성과 박수 속에서 우리는 키스를 했다.

교실 안에도 온갖 감탄사와 박수 소리가 가득 찼다. 나는 다시 그 순간으로 돌아간 듯 달콤한 기분이 됐다. 그때 갑자기 누군가 책을 팽개치며 소리를 질렀다.

"그만 좀 해! 이봄, 여기가 니네 집 안방인 줄 알아?"

혜나였다. 모두 영문을 몰라 어리둥절해 있는데 미나가 나섰다.

"아직 쉬는 시간인데 웬 상관이야! 이봄, 정말 니 남친이 야구장에서, 남들이 다 보는 데서 키스를 했단 말이야? 진짜야?"

미나의 말에 힘입어 다시 아이들이 와글와글 떠들기 시작했다. 무시를 당한 혜나가 잔뜩 독이 오른 얼굴로 벌떡 일어섰다. 미나와 싸우기라도 하면 어떻게 하나 걱정하고 있는데 혜나가 입 꼬리에 비웃음을 잔뜩 담은 채 내게 말했다.

"이봄, 불쌍해서 얘기해 주는데, 이제 그만 좀 해라."

"불쌍하다니 그게 무슨 소리야?"

나는 혜나가 하는 말을 이해할 수 없었다. 아이들은 일순간에 방관자로 돌아서 호기심 가득한 눈빛으로 나와 혜나를 주시하고 있었다.

"니 얼짱 대딩인가 하는 오빠 얘기 뻥이라는 거 애들도 다 알고 있다고. 뒤에서 비웃는 거 몰라?"

나는 여전히 혜나의 말을 알아들을 수 없었다.

"뭐? 내가 그런 거짓말을 왜 해? 오빠가 이 꽃 상자 보내 준 거잖아."

나는 내 책상 위에 뚜껑이 열린 채 놓여 있는 꽃 상자를 가리키며 아이들을 둘러보았다. 나와 눈이 마주친 몇몇 아이들이 슬며시 고개를 돌렸지만 대부분의 아이들은 흥미진진한 기색으로 지켜보고 있었다.

"쇼 하지 마. 그깟 꽃 상자 따위 전화 한 통이면 어디로든 배달해 준다는 거 다 알고 있으니까."

혜나의 눈은 분노로 이글거리고 있었다. 그 눈빛을 보자 그 애가 내게 왜 이러는지 알 것 같았다. 나는 혜나가 그의 학생이 었던 것을 알고 있었다. 나와 함께 있을 때 그의 휴대폰으로 온 전화 때문이었다. 흔치 않은 이름인데다 생김새며 성격 같은 것 을 이야기한 끝에 우리 반 혜나라는 것을 알게 됐다. 그와 나는 혜나가 과학고에 다닌다고 거짓말한 것을 창피해할까 봐 우리 가 한 반이라는 사실을 말하지 않기로 했다.

그런데 세 달쯤 뒤에 그가 과외를 그만둬야겠다고 했다. 혜 나가 자꾸 이상한 눈치를 보여 불편하다는 것이었다.

"그러게 누가 그렇게 잘생기래?"

나는 예쁘고 공부 잘하는 혜나가 좋아하는 남자가 내 남자 친구란 사실이 자랑스러우면서도, 한편으로는 이미 여자 친구 가 있는 남자를 좋아하는 혜나가 안쓰러운 마음이 들었다.

"이렇게 든든한 골키퍼가 없었으면 아주 귀찮을 뻔했지 뭐 야. 우리 봄봄이, 날 지켜 줘서 고마워."

그가 웃으며 내 머리를 쓰다듬었다. 그리고 얼마 뒤 그는 혜 나 엄마로부터 과외를 그만두라는 연락을 받았다.

"혜나가 내 휴대폰에서 니 사진을 보는 걸 봤어. 아는 체하 면 학교 속인 것 때문에 민망해할까 봐 모르는 척했는데……. 차라리 잘됐어. 얼른 다른 아르바이트 구해서 우리 봄봄이, 맛

있는 것도 사 주고 선물도 사 줄게."

그가 홀가분한 얼굴로 말했다.

혜나는 우리 반에서 내 남자 친구를 실제로 본 유일한 아이다. 아무리 그를 좋아했다고 해도 지금 혜나가 하는 행동은 너무 졸렬한 짓이다. 나는 말없이 혜나를 응시했다. 한동안 내 눈길을 맞받아내던 혜나가 고개를 돌리더니 난폭한 몸짓으로 책상 위의 책을 거두어 밖으로 나가 버렸다.

쾅 하는 문소리가 사라졌을 즈음 나는 아이들을 둘러보았다. 얼굴을 뚫기라도 할 것처럼 호기심으로 이글거리는 눈길이 내게 쏟아졌다. 열중해 내 이야기를 듣던 눈빛과 다르지 않았다.

나는 목소리를 돋우어 물었다.

"너희들도 혜나처럼 내가 한 이야기가 모두 꾸며 낸 거라고 생각해?"

나는 은지와 눈이 마주쳤다. 내가 부럽다며 문자까지 보냈던 아이다. 은지는 무슨 말인가를 할 듯하다가 난처한 표정으로 입을 다물었다.

"그럼 너 같은 애를 대학생이 좋아한다는 게 말이 된다고 생각하냐?"

책상 위에 걸터앉은 경은이가 팔짱을 낀 채 말했다. 진실 게임을 하자고 해서 이 이야기를 시작하게 만든 아이다.

"왜 말이 안 돼? 내가 아직 고등학생이라서?"

아이들이 킥킥, 웃음을 터뜨렸다. 그게 내 말이 재미있어서 웃는 것이 아닌 것쯤은 알 수 있었다.

"그럼 왜? 대학생이 날 좋아하는 게 왜 말이 안 되는 건데."

"너 정말 모르는 거야? 모르는 척하는 거야? 그만한 조건의 남자가 미쳤다고 너 같은 애를 좋아하니? 이 세상에 그런 남자는 없어."

내게 자신의 이야기를 털어놓았던 다인이가 단언했다.

"나 같은 애? 내가 뚱뚱해서? 그건 너희들이 상관할 바가 아니잖아. 내 남자 친구는 어떤 여자보다도 내가 예쁘고 좋대. 그럼 된 거잖아."

그는 자신이 날 얼마나 좋아하는지 믿고 느끼게 해 주었지만 나는 그 사실을 아이들에게 납득시킬 수 없었다. 몸이 떨리기 시작했다. 의연하고 싶었지만 이도 덜덜 맞부딪쳤다. 절대로 눈물까지 보여서는 안 돼, 이봄. 나는 이를 꽉 물며 자신에게 말했다.

"그게 사실이라면 참 독특한 취향이네. 니 남친 혹시 변태 아니냐?"

아이들이 키득거리며 웃었다.

그 말을 한 아이는 안 듣는 척하면서 누구보다도 내 이야기에 귀 기울이던 은성이였다. 그런 다음 내 이야기에 이런저런 살을 붙여서 인터넷 소설 카페에 올려놓은 것을 읽은 적도 있다.

"그, 그렇게 생각하면서 소설은 왜 쓴 거야?"

사실을 말하는 것인데도 나는 말을 더듬었다.

아이들 눈이 모두 은성이에게로 쏠렸다.

"무슨 소리를 하는 거야?"

은성이가 나를 똑바로 쏘아보았다.

"니, 니가 내 이야기, 소설로 썼잖아."

내가 더 하고 싶은 이야기는 '네 소설 속 남자 주인공은 변태가 아니라 멋지기만 하던걸.' 이었지만 간신히 그 말만 했다. 그러면 떳떳할 것 없는 은성이가 내 눈길을 피할 줄 알았다.

"허풍만 심한 줄 알았더니 거짓말도 잘하는구나."

은성이는 더 강렬한 눈빛으로 서슴없이 나를 바라보았다. 나는 그 눈길을 견디지 못하고 도움을 청하듯 아이들을 둘러보았다. 나서서 내 편을 들어 주는 아이는 하나도 없었다.

미나와 눈이 마주쳤다. 그동안 학교에서 나와 가장 많이 어울린 아이다. 그런데 그 애는 모르는 아이 대하듯 날 바라보았다. 그 눈길을 견디지 못하고 고개를 돌리던 나는 회장인 송주의 눈과 마주쳤다. 그때 송주가 입을 열었다. 나는 선생님의 신임을 듬뿍 받고 있는 송주가 회장의 이름으로, 아이들이 내게 하는 말과 행동이 옳지 않다고 말하리라 믿었다.

"이봄, 너, 벚꽃이 어떻고 달밤이 어떻고 하던 날 보건실 가는 걸 본 애가 있어. 그날 보건실 갔던 거 맞지?"

송주가 한 말이었다. 나는 잠시 기억을 더듬어 본 다음에야 대답할 수 있었다.

"마, 맞아. 오빠 만나러 나가기 전에 보건실에 들러서 생리통 약 먹었어."

내가 왜 그런 해명을 해야 하는 건지 알 수 없었지만 거부할 용기도 없었다. 지금 날 둘러싸고 있는 아이들은 어릴 때 내게 돼지라고 놀리던 남자아이들보다 더 무서웠다.

"이수지, 너 이봄이 밖으로 나가는 거 봤어?"

송주가 물었다. 공을 따라다니는 경기장의 관중처럼 아이들의 시선이 이번에는 수지에게로 옮겨 갔다. 나도 수지를 바라보았다. 내 눈길을 피하며 수지가 말했다.

"배, 배 아프다고 치, 침대에 눕는 거,"

"분명히 본 거지?"

송주가 수지의 말을 자르며 확인했다. 수지가 빨개진 얼굴로 고개를 끄덕였다.

"내가 언제? 난 약만 먹고 나갔어……. 너희들 나한테 왜 이래?"

내 눈에서, 절대로 아이들에게 보이고 싶지 않은 눈물이 흐르기 시작했다. 어금니를 꽉 깨물고 주먹을 부르쥐었지만 오한이 든 것처럼 온몸이 떨렸다. 수지는 끝내 나를 마주 보지 않았다. 보이지 않는 손길이 나를 밀어내고 있었다.

나는 아이들이 지켜보는 가운데 가방을 싸기 시작했다. 작은 수런거림이 있었지만 상황을 바꿀 만한 정도는 아니었다. 꽃 상자를 챙기는데 뚜껑 위로 눈물이 후두둑 떨어졌다. 나는 차마 아이들을 보지 못한 채 발밑이 허공이 아니라 콘크리트 바닥임을 믿으려 애쓰며 한 발자국, 한 발자국 걸음을 옮겨 간신히 교실을 나왔다. 닫은 문 너머로 경은이의 목소리가 들려왔다.

"너희들, 지금 있었던 일 담탱이한테 절대 비밀이야. 고자질하는 년은 가만 안 둔다."

나는 터져 나오는 울음을 손바닥으로 틀어막으며 어둠에 묻힌 복도 끝을 바라보았다. 세상에서 가장 낯선 곳에 서 있는 기분이었다.

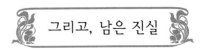

그리고, 남은 진실

마지막 문장까지 읽고 난 나는 봉인된 상자를 연 판도라처럼 후회와 충격에 휩싸여 한동안 아무 생각도 할 수 없었다. 상자 안에서 나온 것들이 점액질처럼 끈적거리며 내 몸을 휘감는 것 같았다. 나는 벗어나려고 애썼지만 손가락 하나 까딱하는 것도 힘들었다. 내가 읽은 것이 단지 은성이가 꾸며낸 소설일 뿐이라고 여기고 싶었다. 하지만 나는 무엇이 진실인지 느끼고 있었다. 읽는 동안 저절로 알게 된 것이었다. 내가 정말로 도망치고 싶은 것은 글 속에 담긴 진실로부터였다.

그때 송 선생이 콧노래를 흥얼거리며 들어섰다. 나는 도망갈 문이 열리기라도 한 듯 벌떡 일어나 물었다.

"저 감독하러 갔을 때 교무실에 온 학생 없었어요?"

송 선생이 잠시 이맛살을 찌푸리며 생각하더니 말했다.

"아, 있었어요. 선생님 반 애, 뚱뚱한 애요. 선생님 나가시자마자 금방 와서 얼른 따라가 보라고 얘기해 줬는데 못 만났어요?"

짐작하고 있었는데도 누군가 정강이를 걷어찬 듯 무릎이 꺾였다. 내가 비틀거리자 송 선생이 얼른 다가와 내 팔을 잡았다. 나는 자리에 털썩 주저앉았다. 그러고는 책상 위의 종이 묶음을 내려다보았다. 내가 그동안 읽은 글은 은성이가 아니라 봄이가 쓴 것이 분명하다. 그 애의 무단결석은 아마도 이 글을 쓰기 위해서였을 것이다. 내게 보여 주었으니 이제 봄이는 교실로 돌아올까? 나는 내게 한 질문에 그럴 거라고 고개를 끄덕일 수 없었다. 나는 손바닥에 얼굴을 묻었다.

"시원한 물 좀 드세요. 무슨 일인데 그러세요?"

어느 틈에 갔다 왔는지 송 선생이 내게 물 컵을 내밀었다. 나는 떨리는 손으로 그 물을, 독한 술인 양 한 모금 입에 물었다.

"그런데 걔 왔을 때 어떤 남자애도 같이 있더라구요. 남자애는 졸업생인가 했는데 나중에 창밖으로 언뜻 보니 같이 걸어가고 있는 거예요."

나는 의자 등받이에 몸을 기댄 채 눈을 감았다. 간신히 삼킨

물이 가슴에 뻐근한 통증을 남겼다.

"남자애……, 어떻게 생겼어요?"

"교무실이 훤할 정도로 잘생겼던데요. 그렇잖아도 둘이 함께 가는 거 보고 좀 이상하다 했는데, 걔네가 무슨 문제라도 일으켰어요?"

우리 반은 가르치지 않는 송 선생의 질문에 나는 눈을 떴다. 걱정스러운 눈빛을 한 송 선생이 날 바라보고 있었다.

"누가 문제인 건지……, 잘 모르겠어요."

나는 독백처럼 중얼거렸다. 정말 알 수 없었다.

나는 교사가 된 뒤 아홉 번 담임을 했다. 그동안 운이 좋아 반 아이를 소년원에 보내거나 낙태수술 하는 것을 지켜봐야 하는 일처럼 큰 사건을 겪은 적은 없었다. 하지만 이번 일이 그런 일보다 결코 작다고 할 수는 없었다. 나는 그동안 내가 맡은 교실이 서로를 밀어내며 상처를 입히는 공간이었다는 사실을 까맣게 모르고 있었다.

자신의 이야기에 열광하는 아이들을 보며 자신이 그곳에 속해 있다고 믿었던 봄이는 한순간에 밖으로 밀려났다. 책상 위의 글은 돌아오기 위해서가 아니라, 영원히 떠나기 위해서 쓴 것인지도 모른다. 가슴속에서 또다시 질문 하나가 떠올랐다. 성적도 시원찮으면서 남자 친구나 사귀고 그 이야기를 떠벌려

공부하는 아이들의 마음을 뒤흔들어 놓았던 봄이만 떠나면 교실은 아무 일도 없었던 것처럼 될 수 있을까?

나는 그 물음에도 고개를 끄덕일 수 없었다. 봄이는 세상이 만들어 놓은 틀 안에 갇혀 오로지 공부만 하기를 강요받으며 사는 아이들 대신 그들이 꿈꾸는 것을 실현했고, 그 애가 들려주는 이야기는 아이들의 숨통을 트이게 해 주었다. 봄이의 이야기를 더 이상 듣지 못하게 된 아이들의 상실감은 봄이의 상처 못지않게 검고 깊은 아가리를 벌릴 것이다. 그제서야 아이들은 자신이 봄이에게 무슨 짓을 했는지 깨닫게 될 것이다. 더 많이 깨닫는 아이일수록 검고 깊은 아가리가 공포로 다가올 것이다. 그걸 지켜볼 일도 두려웠다. 아이들보다 20년 가까이 세상을 더 살았는데도 어떻게 해야 좋을지 알 수 없었다.

그때 내 몸인 양 휴대폰이 부르르 떨었다. 주희의 번호였다. 영준, 소연, 약혼, 배신, 파혼, 그들의 결혼……. 주희라는 이름에서 연상되는 온갖 기억들이 머릿속에 순서대로 떠올랐다. 불과 한두 시간 전만 해도 내 인생이 송두리째 갉아먹히는 것처럼 고통스러웠던 기억들이 지금은 남의 일처럼 아무런 느낌이 없었다. 나는 전화를 받지 않았다. 해묵은 기억들을 끄집어내 시간과 감정을 낭비하고 싶지 않았다. 내 인생에서 가장 힘든 숙제가 앞에 놓인 것 같았기 때문이다.

"정 힘들면 먼저 들어가세요. 뒷정리는 제가 하고 갈게요. 아니, 보건실에 가서 좀 쉬고 계시면 제가 모셔다 드릴게요."

송 선생이 안절부절 못하는 모습으로 말했다. 어떻게든 날 돕고 싶어하는 그의 마음이 느껴졌다. 하지만 지금은 그 마음을 아는 체할 여력도 없었다.

"그럼 저 먼저 들어갈게요. 죄송해요."

나는 봄이의 글을 가방에 넣고 자리에서 일어났다. 가방이 쇳덩이처럼 무거웠다. 간신히 걸음을 떼어 놓으며 문까지 간 나는 고개를 돌려 송 선생을 바라보았다. 계속 지켜보고 있었던 듯 나와 눈이 마주친 그는 서운한 표정을 미처 숨기지 못한 채 목례를 했다. 그 순간 나는 캔을 갖다 놓은 사람이 송 선생이었음을 알아차렸다.

"대신 밥 한번 살게요. 그리고 음료수 잘 마셨어요."

송 선생이 이번엔 기쁜 표정을 숨기지 못했다.

일곱 살이나 어린 멋진 남자가, 한 번 파혼한 경력이 있는 노처녀인 내게 관심을 보인다고 하면 내 친구들은 믿어 줄까?

교무실을 나온 나는 문에 기대서서 복도를 바라보았다. 봄이가 보았던 그곳처럼 어둠에 묻힌 텅 빈 복도는 끝이 없어 보였다. 남은 아이들이 볼 복도도 그럴 것이다. 울컥 눈물이 솟구

첫다.

나는 봄이가 그랬던 것처럼 울음을 참으며 그곳을 향해 걸음을 옮겨 놓기 시작했다.

이 시대의 새로운 비너스가 되기를 빌며

3년 전, 고등학교에 입학한 딸아이는 15시간 가까이 학교에 있어야 했다. 학교를 오가는 시간까지 합치면 더 긴 시간이었다. 자신이 생각했던 것과 너무 다른 학교생활에 아이의 얼굴과 마음은 늘 찌푸려져 있었다. 불행하다는 표시를 온몸으로 내보이며 학교에 다니는 아이를 보는 일은 무척 힘겨웠다.

내가 할 수 있는 일이라고는 밤 11시가 가까워져 돌아오는 아이의 눈치를 살피며 비위를 맞추는 것뿐이었는데, 감정의 기복이 어찌나 심한지 롤러코스터를 타고 있는 것 같았다. 흥미가 없어서인지 학교 이야기를 잘 하지 않던 아이가 어느 날 자기 친구네 반 이야기를 들려주었다.

뚱뚱하고 못생긴 아이가 대학생 남자 친구가 있다고 자랑을 하면서 날마다 말도 안 되는 이야기를 늘어놓는다는 것이다. 아이들은 재미삼아 들으면서도 그 애 말을 믿지 않는다고 했다.

"왜? 무슨 이야기를 하기에 안 믿는다는 거야?"

"무슨 이야기를 해서가 아니라 걔 같은 애한테 대학생 남친이 있다는 것 자체를 믿을 수 없다는 거지."

당장 과제를 해야만 하는 딸아이와의 이야기는 거기서 그쳤지만 내 머릿속에는 많은 생각들이 떠올랐다. 그리고 두 가지 생각이 끝까지 남아 『우리 반 인터넷 소설가』의 출발점이 돼 주었다.

'아이들은 왜 거짓말이라고 여기는 그 아이의 이야기에 관심을 갖는 걸까?'

'아이들이 거짓말이라고 생각하는 그 아이의 이야기가 모두 사실이라면?'

마음속에 교실이 하나 들어섰고, 그 반에서 일어나는 일들이 자꾸만 눈에 밟혔다.

나는 지난해 그 이야기를 먼저 단편소설로 써서 청소년 문예지에 발표하였다. 하지만 그 뒤에도 이야기는 떠나지 않고 더 큰 무게와 깊이로 내 마음을 파고들었다. 결국 나는 원주 토지문화관에 머무는 동안 그 이야기를 장편으로 새롭게 쓰기 시작했다. 다시 쓰는 동안 봄이를 괴롭히는 무리로 상정했던 반 아이들 한 명 한 명의 삶이 눈에 들어왔다. 시간이 지날수록 그 아이들에게 봄이와 같은 비중의 애정과 연민이 느껴지면서 나는 비로소 이야기가 계속 마음속에 남아 있던 까닭을 알 수 있었다.

나는 이 작품에서 '진실'에 관한 이야기를 하고 싶었다. 생각도 관계도 쿨(cool)한 것이 새로운 트렌드로 자리 잡은 요즘, '진실'이라는 단어가 주는 어감은 어찌 보면 진부하고 칙칙하게 여겨질 수도 있다. 하지만 나는 진실이 어떤 사실 속에 감추어진 핵(核)과 같은 것이라고 생각한다. 진실은 찾지 않거나 보는 눈이 없는 사람에게는 제 모습을 드러내지 않는다. 진실을 볼 수 있는 눈과 마음을 가리는 것은 편견과 고정관념이다. 개인의 편견과 고정관념이 오랜 시간에 걸쳐 축적되어 사회적 통념으로 굳어졌을 때, 희생당하는 것은 결국 우리들 자신인 것이다.

봄이를 둘러싼 이야기를 써 가는 동안 내 마음속에서 가해자와 피해자의 경계가 차츰 모호해져 갔던 것도 그런 이유에서였다. 진실을 말하고 있는데도 외모 때문에 아이들의 신뢰를 얻지 못하는 봄이나, 고정관념과 편견에 빠져 봄이를 무시하고 따돌리는 반 아이들이나 모두 사회가 만들어 놓은 통념의 덫에 갇힌 피해자로 여겨졌기 때문이다.

청소년 단편소설집 『벼랑』과 장편동화 『첫사랑』에 이어 이 책의 표지화도 딸아이가 그렸다. 아이가 그림으로 형상화한 봄이의 모습을 보면서 나는 구석기 시대의 이상적인 여성상이라는 뚱뚱한 모습의 '빌렌도르프의 비너스' 상을 떠올렸다.

이번 작품의 주된 제재 중의 하나였던 외모지상주의라는 통념을 진실의 힘으로 이겨 낸 봄이가 우리 사회의 다양함을 보여 주는 새로운 비너스가 될 수 있기를 빌어 본다. 아울러 이 작품을 읽는 독자들이, 내가 소설에서 그리고자 했던 봄이의 사랑스러움과, 봄이의 친구들에 대한 연민에 공감했으면 좋겠다.

2010년 3월
이금이

푸른책들이 펴낸 〈이금이 작가〉의 성장소설

이 금 이

'이 시대 최고의 아동청소년문학 작가'로 꼽히는 이금이는 1984년 '새벗문학상'에 동화가 당선되어 문단에 데뷔한 이후, 30여 년 동안 진한 휴머니티가 담긴 감동적인 작품을 꾸준히 발표해 왔다. 소천아동문학상과 윤석중문학상을 수상했으며, 초등학교와 중학교 〈국어〉 교과서에 「배우가 된 수아」, 「생 레미에서, 희수」, 「햄, 뭐라나 하는 쥐」, 「너도 하늘말나리야」, 「주머니 속의 고래」 등 여러 편의 작품이 실리기도 한 그는 아이로부터 어른에 이르기까지 나이를 초월하여 폭넓은 독자층을 가지고 있는 보기 드문 작가이다. 대표적인 작품으로 동화 「너도 하늘말나리야」, 「밤티 마을 큰돌이네 집」, 「밤티 마을 영미네 집」, 「밤티 마을 봄이네 집」, 「나와 조금 다를 뿐이야」, 「영구랑 흑구랑」, 「금단현상」, 「첫사랑」, 「사료를 드립니다」 등이 있고, 청소년소설 「유진과 유진」, 「주머니 속의 고래」, 「벼랑」, 「우리 반 인터넷 소설가」, 「소희의 방」, 「신기루」, 「얼음이 빛나는 순간」과 동화창작이론서 「동화창작교실」이 있다.

홈페이지_ http://leegeumyi.com

푸른도서관

푸른도서관은 '10대에서 20대까지' 눈부신 성장을 거듭하는
'푸른 세대'를 위한 본격 문학 시리즈입니다.
이금이 작가의 대표작인 『유진과 유진』을 비롯하여
푸른문학상 수상작 『똥통에 살으리랏다』, 『스키니진 길들이기』 등
당대 청소년들의 현실을 생생하게 반영한 성장소설과
『화랑 바도루』, 『에네껜 아이들』 등 다양한 시대상을 반영한 역사소설,
청소년시집 『악어에게 물린 날』, 『그래도 괜찮아』
그리고 흥미진진한 판타지에 이르기까지
국내 작가들이 공들여 창작한 감동적인 작품들을
푸른도서관에서 더 만나 보세요!

■ 푸 른 도 서 관 ■

1. 뢰제의 나라 강숙인 지음
교통사고로 가사 상태에 빠진 열두 살 소년이 저승사자의 손에 이끌려 저승인 '뢰제의 나라'
를 여행하면서 벌어지는 모험담을 담은 판타지소설.
★ 윤석중문학상 수상작 ★ 동화읽는가족 추천도서

2. 아버지가 없는 나라로 가고 싶다 이규희 지음
아픈 결핍의 가족사를 벗어던지고 마침내 더 너른 세상을 향해 나아가는 소녀를 통해 성장의
의미를 곰곰이 곱씹게 해 주는 가슴 뭉클한 성장소설.
★ 세종아동문학상 수상작가

3. 까망머리 주디 손연자 지음
좋아하는 남학생에게 외모에 대한 조롱 섞인 말을 듣고, 입양아인 자신이 미국 사회의 이방
인이라는 사실을 깨닫는 사춘기 소녀 주디가 정체성을 찾아가는 이야기.
★ 책따세 추천도서 ★ 학교도서관사서협의회 추천도서 ★ 부산광역시교육청 독서인증제 권장도서

4. 이삐 언니 강정님 지음
일제 강점기 말과 해방 공간을 시간적 배경으로 밤나무정 마을에 사는 '복이'라는 여자아이
의 삶의 비밀을 하나하나 알아가는 과정을 그린 아름다운 연작소설집.
★ 서울시교육청 교과별 권장도서 ★ 한우리독서토론논술 필독도서 ★ 한국아동문예상 수상작

5. 너도 하늘말나리야 이금이 지음
미르와 소희, 바우는 각자의 상처를 속으로 감추고 괴로워하다 서로를 알아본다. 서로의 상
처를 보듬어 주는 순간, 상처에는 새살이 돋고 아이들은 비로소 성장하게 된다.
★ 중학교 〈국어〉 교과서 수록 ★ 책따세 추천도서 ★ 〈중앙일보〉 좋은책 100선 선정도서

6. 내 이름엔 별이 있다 박윤규 지음
1970년대라는 한국 사회의 정치적·사회적 격동기를 배경으로 성장해 나가는 사춘기 소년의
삶을 통해 2000년대의 우리가 잊고 지냈던 '꿈'과 '희망'을 다시 한 번 환기시켜 준다.
★ 서울시립어린이도서관 추천도서

7. 토끼의 눈 강정규 지음
한국 전쟁을 배경으로 한 세 편의 이야기를 엮은 소설집. 작품 속에 총소리나 죽음은 등장하
지 않지만, 천진한 아이들의 눈으로 바라본 전쟁이 숨이 막힐 듯 가깝게 다가온다.
★ 세종아동문학상 수상작 ★ 아침독서 청소년 추천도서

8. 화랑 바도루 강숙인 지음
부모님을 일찍 여읜 바도루가 김충현 장군 밑에서 생활하며 그의 자제인 경천과 함께 피나는
노력과 뜨거운 우정을 나누며 꿈에 그리던 화랑이 되는 이야기를 그린 본격 역사소설.
★ 동화읽는가족 추천도서

9. 유진과 유진 이금이 지음
어린 시절 함께 성추행을 당한 동명이인 '유진과 유진'의 각각 다른 성장 과정을 통해 청소년
의 심리를 아주 세밀하게 보여 주는 이금이 작가의 청소년소설.
★ 책따세 추천도서 ★ 어린이도서연구회 청소년 권장도서 ★ 학교도서관저널 선정 성장소설 50선

10. 마사코의 질문 손연자 지음

일본인 소녀의 입으로 일본인의 죄를 묻는 이야기. 일제 강점기에 우리 민족이 겪은 온갖 수난을 생생하고 절실하게 그려 낸 9편의 작품이 실려 있다.

★ 세종아동문학상 수상작 ★ SBS 어린이미디어대상 수상작 ★ 한우리독서토론논술 필독도서

11. 아, 호동 왕자 강숙인 지음

비극적 사랑의 대명사 호동 왕자와 낙랑 공주. 그들이 정말 사랑하는 사이였는가에 대한 의문으로 시작된 역사소설. 우리가 알고 있던 이야기를 뒤집어 전혀 새로운 시각을 제시한다.

★ 한우리독서토론논술 필독도서 ★ 서울독서교육연구회 추천도서 ★ 책읽는교육사회실천협의회 추천도서

12. 길 위의 책 강미 지음

'책'을 통해 자연스럽게 자신의 고민과 방황을 해결하고 상처를 치유해 나가는 여고생들의 이야기를 잔잔하게 그렸다. 청소년들을 위한 성장소설들이 '책 속의 책'으로 가득 담겨 있다.

★ 제3회 푸른문학상 수상작 ★ 책따세 추천도서 ★ 문화체육관광부 우수교양도서

13. 느티는 아프다 이용포 지음

'지금 여기'의 '가장 낮은 곳'을 이야기하는 성장소설. 독자들에게 이웃을 바라보는 시선을 바꾸고 존재의 소중함을 돌아볼 수 있는 시간을 마련해 준다.

★ 한국문화예술위원회 우수문학도서 ★ 평화박물관 선정 청소년 평화책

14. 발끝으로 서다 임정진 지음

베스트셀러 『행복은 성적순이 아니잖아요』의 임정진 작가가 펴낸 청소년소설. 낯선 땅으로 홀로 유학을 떠난 주인공을 통해 조기 유학생활의 어려움과 외로움을 절절하게 그렸다.

★ 책따세 추천도서

15. 마지막 왕자 강숙인 지음

역사의 그늘에 가려져 있던 인물이자 신라의 마지막 왕인 경순왕의 아들 마의태자를 주인공으로 한 역사소설로, 그의 새로운 영웅적 면모를 보여 준다.

★ 〈중앙일보〉 좋은책 100선 선정도서 ★ 어린이도서연구회 청소년 권장도서

16. 초원의 별 강숙인 지음

마의태자를 주인공으로 한 『마지막 왕자』의 후속작. 사라져 버린 나라를 그리워하던 주인공 새부가 광활한 만주 대륙에서 아버지의 꿈을 이루는 과정을 흥미진진하게 그리고 있다.

★ 동화읽는가족 추천도서

17. 주머니 속의 고래 이금이 지음

가슴속에 품고 있는 꿈을 찾기 위해 노력하는 열다섯 살 아이들에 대한 이야기이다. 저마다 꿈을 좇는 과정에서 실패와 좌절을 겪지만 다시 씩씩하게 일어나는 모습을 보여 준다.

★ 중학교 〈국어〉 교과서 수록 ★ 아침독서 청소년 추천도서 ★ 대한출판문화협회 올해의 청소년도서

18. 쥐를 잡자 임태희 지음

원치 않는 임신을 한 여고생의 이야기로 성에 대해 여전히 취약한 우리 청소년의 현실을 돌아보고 위험성을 인식하게 만든다. 동시에 대책 마련이 시급하다는 사실을 새삼 일깨운다.

★ 제4회 푸른문학상 수상작 ★ 아침독서 청소년 추천도서 ★ 어린이도서연구회 청소년 권장도서

19. 바람의 아이 한석청 지음

우리나라 아동청소년문학 최초로 발해를 소재로 한 장편역사소설. 고구려 멸망 뒤 옛 고구려 지역에 살던 이들의 비참한 삶과 나라를 되찾고자 하는 투쟁을 생생하게 그려 냈다.

★한우리독서토론논술 필독도서 ★책읽는교육사회실천협의회 추천도서

20. 베스트 프렌드 이경혜 외 지음

사춘기를 지나 성숙한 남녀로 성장하는 과정에 놓인 청소년들의 심리 변화를 섬세하게 그린 표제작을 비롯해 현실적인 청소년들의 한계와 모순을 그린 5편의 단편소설을 엮었다.

★어린이도서연구회 청소년 권장도서

21. 리남행 비행기 김현화 지음

봉수네 가족이 북한을 탈출해 리남행 비행기에 오르기까지의 여정이 긴장감 있게 그려져 있다. 온갖 역경 속에서도 인간애와 가족애를 잃지 않는 모습이 진한 감동을 선사한다.

★제5회 푸른문학상 수상작 ★책따세 추천도서 ★한국문화예술위원회 우수문학도서

22. 겨울, 블로그 강 미 지음

자신만의 길을 찾아가는 청소년들이 종횡무진 활동하는 네 편의 작품을 담았다. 청소년들의 일상을 정확하고 섬세하게 묘사하여 그들이 나아갈 수 있는 길을 오롯이 보여 준다.

★문화체육관광부 우수교양도서 ★아침독서 청소년 추천도서 ★한국출판인회의 선정 이달의 책

23. 네가 하늘이다 이윤희 지음

1894년 동학 농민 운동을 배경으로 새로운 세상을 꿈꾸었지만 결국 이름조차 남기지 못하고 스러져 간 농민군의 이야기를 감동적으로 그려 낸 대하역사소설.

★아침독서 청소년 추천도서 ★한국어린이문화대상 수상작

24. 벼랑 이금이 지음

원조 교제, 첫 키스, 협박, 폭력……. 거친 현실의 이면에 감춰진 청소년들의 내면을 섬세하게 다루고 있는 이금이 작가의 연작청소년소설.

★한국문화예술위원회 우수문학도서 ★아침독서 청소년 추천도서 ★네이버 북리펀드 선정도서

25. 뚜깐뎐 이용포 지음

서기 2044년. 한국에서 영어 공용화 법안이 통과된 뒤 영어가 일상어로 자리를 잡은 때와 한글이 박해를 받던 연산군 시절을 오가며 현대인들에게 진지한 성찰의 기회를 제공한다.

★아침독서 청소년 추천도서 ★대한출판문화협회 올해의 청소년도서 ★〈중앙일보〉 선정 이달의 책

26. 천년별곡 박윤규 지음

천 년의 시간을 애증과 그리움으로 버틴 주목나무의 이야기를 절제된 감성으로 그린 작품. 시 형식을 차용한 소설인 '시소설'이란 신선한 장르에 애절한 정서를 잘 녹여 냈다.

★한우리가 선정한 좋은 책

27. 지귀, 선덕 여왕을 꿈꾸다 강숙인 지음

지귀 설화 속에 숨어 있는 선덕 여왕 이야기를 담은 역사소설. 지귀와 선덕 여왕, 김춘추와 김유신 등 시대의 격랑에 휘말린 이들의 삶과 사랑이 독자들의 가슴속에 파고든다.

★책따세 추천도서 ★네이버 북리펀드 선정도서 ★아침독서 청소년 추천도서

28. 청아 청아 예쁜 청아 강숙인 지음

〈심청전〉을 현대적으로 재해석한 소설. 새로운 시각의 심청과 서해 용왕 그리고 그의 아들을 등장시켜 '보이지 않는 사랑 이야기'를 통해 참다운 사랑의 의미를 되새기게 한다.
★한국출판인회의 선정 이달의 책 ★중앙독서교육 선정도서

29. 살리에르, 웃다 문부일 외 지음

'엄친아'와의 비교에 시달리며 자신을 '살리에르'라 믿는 청소년들에게 건네는 '꿈'에 관한 다섯 가지 이야기. 꿈을 향한 청소년들의 힘차고도 아름다운 몸부림이 담겼다.
★제6회 푸른문학상 수상작 ★아침독서 청소년 추천도서 ★학교도서관사서협의회 추천도서

30. 사라지지 않는 노래 배봉기 지음

세계적 미스터리의 하나인 이스터 섬 모아이 석상의 비밀을 소재로 인간의 파괴적 욕망과 그것을 극복했을 때 찾을 수 있는 평화를 보여 준다.
★문화체육관광부 우수교양도서 ★네이버 북리펀드 선정도서 ★국립어린이청소년도서관 추천도서

31. 김홍도, 조선을 그리다 박지숙 지음

김홍도의 그림을 통해 그의 삶을 다룬 연작으로, 작가 특유의 상상력과 깊이 있는 통찰력으로 '인간 김홍도'의 삶을 생생하게 되살려낸 본격 역사소설이다.
★문화체육관광부 우수교양도서 ★〈소년조선일보〉 추천도서 ★아침독서 청소년 추천도서

32. 새가 날아든다 강정규 지음

한국 전쟁을 직접 경험한 세대가 전쟁과 분단과 이산이라는 문제를 다른 시각에서 조명한 작품. 역사의 굴곡을 넘어 당대의 사람들이 더불어 살아가는 이야기를 일곱 편의 소설에 담았다.
★아침독서 청소년 추천도서

33. 에네껜 아이들 문영숙 지음

구한말 멕시코의 낯선 농장으로 이주한 조선 사람들이 노예처럼 일하며 온갖 고난과 수모를 당하지만 불굴의 의지로 희망의 새로운 터전을 마련한 내용을 담은 역사소설.
★책따세 추천도서 ★대한출판문화협회 올해의 청소년도서 ★아침독서 청소년 추천도서

34. 밤나무정의 기판이 강정님 지음

1950년대를 배경으로 소년 기판이의 각별하고도 애틋한 성장과 모험과 죽음을 다룬 이야기. 작가 특유의 입담과 사투리에 실린 당시의 일상과 풍속이 눈앞에 생생하게 되살아난다.
★한국문화예술위원회 우수문학도서 ★대한출판문화협회 올해의 청소년도서 ★아침독서 청소년 추천도서

35. 스쿠터 걸 이은 지음

질풍노도의 시기인 청소년기의 한복판에 서 있는 열다섯 살 중학생들을 본격적으로 등장시킴으로써 중학생들의 삶을 밀도 있게 그려 낸 청소년소설집.
★한국간행물윤리위원회 우수청소년저작 당선작 ★학교도서관저널 추천도서

36. 우리 반 인터넷 소설가 이금이 지음

거짓이 휘두르는 보이지 않는 폭력에 '진실'이 어떻게 왜곡되고 유배되는지를 청소년들의 생생한 세태 묘사와 치밀한 구성을 바탕으로 보여 준다.
★네이버 북리펀드 선정도서 ★학교도서관저널 추천도서 ★국립어린이청소년도서관 추천도서

37. 열네 살, 비밀과 거짓말 김진영 지음

습관적인 도둑질에 빠져들면서 비밀과 거짓말이 늘어나게 된 평범한 열네 살 소녀 하리가 다시 삶의 진실을 찾아가는 성장소설.

★ 한국간행물윤리위원회 청소년 권장도서   ★ 문화체육관광부 우수교양도서

38. 허황옥, 가야를 품다 김정 지음

먼 바다를 건너 가야로 온 인도 아유타국 공주 허황옥의 삶을 조명하면서, 철을 바탕으로 국제 무역의 중심지로 자리했던 가야의 역사를 생생히 전하는 역사소설이다.

★ 학교도서관저널 추천도서   ★ 대한출판문화협회 올해의 청소년도서

39. 외톨이 김인해 외 지음

요즘 청소년들의 왜곡된 삶과 고민을 가감 없이 보여 주며, 그들의 정서적 긴장감과 내면적 따뜻함을 동시에 그리고 있는 세 편의 단편소설이 실려 있다.

★ 제8회 푸른문학상 수상작   ★ 국립어린이청소년도서관 사서 추천도서   ★ 아침독서 청소년 추천도서

40. 그래도 괜찮아 안오일 지음

현실의 부정과 좌절에 길항하는 청소년들의 고민을 진정성 있게 담아낸 청소년시집. 청소년들이 지닌 '생기'를 유감없이 보여 주며 긍정과 희망의 메시지를 전한다.

★ 한국간행물윤리위원회 우수청소년저작 당선작   ★ 한국문화예술위원회 우수문학도서

41. 소희의 방 이금이 지음

이금이 작가의 대표작 『너도 하늘말나리야』의 후속작. 달밭마을을 떠나 재혼한 친엄마와 재회해 새 가족의 일원이 된 열다섯 소희의 욕망과 아픔을 다룬 성장소설이다.

★ 한국문화예술위원회 우수문학도서   ★ 한겨레·예스24 선정 청소년책 30선

42. 조생의 사랑 김현화 지음

조선시대를 배경으로 청년 '조생'이 청나라에 파견되는 연행사로 길을 떠나 사랑과 우정, 정의, 신념 등 삶의 진리를 깨달아가는 과정을 그린 청소년 역사소설.

★ 서울시교육청 남산도서관 사서 추천도서   ★ 〈아침햇살〉 선정 좋은 청소년책

43. 아버지, 나의 아버지 최유정 지음

위탁가정에 맡겨진 열여섯 살 연수가 자신의 친아버지를 찾아 떠나는 여정을 통해 진정한 자아 정체성을 확립해 가는 과정을 밀도 있게 그렸다.

★ 한국문화예술위원회 우수문학도서   ★ 〈아침햇살〉 선정 좋은 청소년책

44. 타임 가디언 백은영 지음

타임 슬립이라는 장치를 통해 개인과 사회에서 일어나는 현실의 문제들을 조명하는 본격 청소년 SF소설. 시공간을 뛰어넘는 구성과 예측할 수 없는 독특한 상상력을 맛볼 수 있다.

★ 〈아침햇살〉 선정 좋은 청소년책

45. 분청, 꿈을 빚다 신현수 지음

고려 최고의 사기장의 아들인 강뫼가 왜구 침입과 왕조의 변혁 등 극한 시대 상황 속에서 분청사기를 만들기까지의 과정을 흡인력 있게 그린 역사소설.

★ 대한출판문화협회 올해의 청소년도서   ★ 아침독서 청소년 추천도서

46. 방울새는 울지 않는다 박윤규 지음
5·18이라는 역사적 사건을 배경으로 그려지는 명창 소녀 '방울'과 고수 '민혁'의 안타까운 사랑 이야기. 슬픈 현대사를 정면으로 바라보고 올바르게 판단할 수 있는 용기를 준다.
★ 학교도서관저널 추천도서　★ 한국문화예술위원회 우수문학도서

47. 악어에게 물린 날 이장근 지음
현직 중학교 교사인 시인이 청소년과 함께 호흡하면서 체험한 담백하고 직설적인 언어가 공감을 불러온다. 청소년들 질풍노도가 마음껏 활개 칠 수 있도록 기운을 북돋는 청소년시집.
★ 책따세 추천도서　★ 대한출판문화협회 올해의 청소년도서　★ 어린이도서연구회 청소년 권장도서

48. 찢어, Jean 문부일 지음
아르바이트, 집단 따돌림 등 청소년들이 공감할 수 있는 일곱 편의 이야기가 담겼다. 현실에 갇혀 사는 청소년들의 일탈을 유쾌하면서도 진정성 있게 담았다.
★ 아침독서 청소년 추천도서　★ 한국문화예술위원회 우수문학도서

49. 불량한 주스 가게 유하순 외 지음
실수와 시행착오를 반복하다가 돌연 성장의 분기점을 지나는 청소년들의 '오늘'을 포착했다. 좌절과 반성의 언어조차 싱그러운 청소년들을 응원하게 만드는 네 편의 단편소설 모음.
★ 제9회 푸른문학상 수상작　★ 아침독서 청소년 추천도서　★ 네이버 북리펀드 선정도서

50. 신기루 이금이 지음
엄마와 엄마 친구들과 함께 몽골 사막 여행을 떠난 열다섯 다인이가 보낸 6일간의 여정을 통해 또 다른 생명의 고리로 순환되는 모녀 관계에 대한 고찰을 여행기 형식으로 그렸다.
★ 네이버 북리펀드 선정도서　★ 서울시립어린이도서관 추천도서　★ 아침독서 청소년 추천도서

51. 우리들의 매미 같은 여름 한 결 지음
섭식장애를 앓고 있는 모녀, 성추행, 보이콧 등 청소년들이 겪는 지독하게 뜨겁고 아픈 이야기가 담겨 있다. 청소년들이 자신 그리고 세상과 화해하는 여정을 솔직담백하게 그렸다.
★ 한국문화예술위원회 우수문학도서　★ 네이버 북리펀드 선정도서

52. 모래시계가 된 위안부 할머니 이규희 지음
일본군 위안부로 끌려가 꽃다운 처녀 시절을 유린당한 황금주 할머니의 실제 이야기를 김은비라는 소녀의 이야기와 엮어 액자 형식으로 쓴 소설로, 일본어로도 번역 출간되었다.
★ 국제펜문학상 수상작　★ 학교도서관저널 추천도서　★ 경기도교육청 추천도서

53. 까레이스키, 끝없는 방랑 문영숙 지음
소련의 강제 이주 정책으로 시베리아 횡단 열차를 탔던 17만여 명의 까레이스키들의 고난과 역경, 도전과 설움을 절절하게 그린 역사소설이다.
★ 한국문화예술위원회 우수문학도서　★ 아침독서 청소년 추천도서　★ 한우리가 선정한 좋은 책

54. 나는 랄라랜드로 간다 김영리 지음
기면증을 앓는 소년과 그의 가족이 게스트하우스를 사수하기 위해 펼치는 소동을 재기 발랄하게 그렸다. 절망 속에서도 웃으며 싸울 줄 아는 청춘의 싱그러운 맨얼굴이 돋보인다.
★ 제10회 푸른문학상 수상작　★ 아침독서 청소년 추천도서　★ 한국문화예술위원회 우수문학도서

55. 열다섯, 비밀의 방 장미 외 지음

영혼의 도플갱어를 찾아 헤매는 외로운 청소년의 자화상이 네 편의 단편소설 속에 어우러져 있다. 청소년들의 내면의 목소리들이 조화롭게 어우러져 다양한 빛깔의 공명음을 들려준다.
★제10회 푸른문학상 수상작 ★학교도서관사서협의회 추천도서

56. 눈썹 천주하 지음

암에 걸려 1년 4개월 동안 치료를 받던 열일곱 살 소녀가 일상으로 돌아온 뒤의 이야기를 담고 있다. 가족과 친구, 일상이 얼마나 가치 있는 것인지를 새삼 깨우쳐 준다.
★국립어린이청소년도서관 사서 추천도서 ★한국문화예술위원회 우수문학도서 ★아침독서 추천도서

57. 나는 지금 꽃이다 이장근 지음

청소년들의 삶을 제대로 들여다보고 마음을 헤아리는 시 창작 과정을 통해 나온 본격적인 청소년을 위한 시로, 삶이 점점 피폐해지고 있는 청소년들의 마음을 어루만져 준다.
★문화체육관광부 우수교양도서 ★어린이도서연구회 청소년 권장도서 ★학교도서관저널 추천도서

58. 우리들의 사춘기 김인해 지음

겉으로 잘 드러나지 않는 소년들의 감성을 날카롭게 포착하여 진솔하고 강렬하게 그려낸 '소년들을 위한' 소설집. 표제작을 비롯한 여섯 편의 단편청소년소설을 담고 있다.
★국립어린이청소년도서관 사서 추천도서 ★한국문화예술위원회 우수문학도서

59. 여우 소녀 미랑 김자환 지음

조선시대 임진왜란 발발 즈음의 여수 지방을 배경으로, 구미호에게 아버지를 잃은 묘남과 구미호의 딸 여우 소녀 미랑의 애틋한 사랑 이야기를 담고 있다.
★새벗문학상 수상작가

60. 얼음이 빛나는 순간 이금이 지음

아이와 어른의 경계에서 몸살을 앓던 두 소년이 5년 뒤 전혀 다른 풍경을 띠게 된 각자의 삶을 응시한다. 우연으로 시작해 선택으로 이루어지는 인생의 내밀한 진실을 담았다.
★윤석중문학상 수상작가 ★학교도서관저널 추천도서

61. 택배 왔습니다 심은경 지음

질풍노도를 겪는 청소년과 그의 가족, 친구, 사회의 풍경을 그린 여섯 편의 단편청소년소설. 건강하게 자립하고 따뜻하게 소통할 줄 아는 인물들의 모습에서 희망을 엿볼 수 있다.
★한국문화예술위원회 우수문학도서 ★학교도서관저널 추천도서 ★아침독서 청소년 추천도서

62. 똥통에 살으리랏다 최영희 외 지음

팍팍한 사회 현실 속 청소년들의 고민을 각기 다른 개성으로 그린 네 편의 단편청소년소설을 묶었다. 부조리한 사회와 욕망을 관찰하고 풍자하는 이야기가 공감을 불러일으킨다.
★제11회 푸른문학상 수상작 ★아침독서 청소년 추천도서 ★국립어린이청소년도서관 사서 추천도서

63. 나에게 속삭여 봐 강숙인 지음

어느 날 갑자기 죽음을 맞이한 열일곱 살 소년 서준과 혼령의 기를 느끼는 소녀 아리 그리고 서준의 쌍둥이 여동생 유주가 각자의 방법으로 성장해 나가는 청소년 판타지소설.
★윤석중문학상 수상작가 ★학교도서관저널 추천도서

64. 아버지의 알통 박형권 지음

촌스러운 아빠와 바닷가 마을에 살게 되면서 정직하게 일하는 사람들을 만나며 한층 성장해 가는 주인공의 이야기가 유쾌한 감동을 선사한다.

★한국안데르센상 수상작가

65. 나는 나다 안오일 지음

청소년들에게 자신의 꿈이 무엇인지 알게 해 주어 스스로 자신의 삶에 당당하게 맞서는 모습을 보고 싶다는 작가의 바람을 담은 청소년시 57편이 실려 있다.

★제8회 푸른문학상 수상작가

66. 순희네 집 유은희 지음

순희네 집에 얽힌 가슴 아프지만 따뜻한 이야기와 성장통을 겪는 순희의 모습을 작가 특유의 섬세한 문장 안에 담아낸 자전적 소설이다.

★제14회 MBC 창작동화대상 수상작 ★제8회 푸른문학상 수상작가 ★한국출판문화산업진흥원 선정 세종도서

67. 첫 키스는 엘프와 최영희 지음

제11회 푸른문학상 수상작가의 첫 청소년소설집으로, 미래에 대한 압박감에 갇혀 십 대 시절을 보내는 오늘의 청소년들에게 부치는 편지 같은 소설 여섯 편을 묶었다.

★제11회 푸른문학상 수상작가 ★아침독서 청소년 추천도서 ★어린이도서연구회 청소년 권장도서

68. 숨은 길 찾기 이금이 지음

이금이 작가의 대표작 『너도 하늘말나리야』의 두 번째 후속작으로 소희의 욕망과 아픔을 다룬 『소희의 방』에 이어 달밭마을에 남은 미르와 바우의 사랑과 꿈을 섬세하게 그려 낸 성장소설이다.

★소천아동문학상 수상작가 ★한국출판문화산업진흥원 선정 세종도서

69. 스키니진 길들이기 김정미 외 지음

아직 미완성인 '나'의 정체성을 찾기 위해 고군분투하는 청소년들의 모습을 그린 네 편의 단편청소년소설이 실려 있다. 청소년이라면 누구나 고민해 봤을 만한 이야기가 공감을 불러일으킨다.

★제12회 푸른문학상 수상작 ★한국출판문화산업진흥원 선정 이달의 책 ★아침독서 청소년 추천도서

70. 나는 블랙컨슈머였어! 윤영선 외 지음

우리 사회를 바라보는 날카로운 시선과 따뜻한 유머가 다채롭게 어우러진 네 편의 청소년소설을 엮었다. 삭막한 현실 속에서도 당당히 자신의 길을 가는 청소년들의 이야기가 매력적이다.

★제12회 푸른문학상 수상작

71. 우리는 가족일까 유니게 지음

5년 만에 엄마의 부고와 함께 미국에서 돌아온 동생으로 인해 방황하는 열일곱 살 소녀의 성장기를 그렸다. 고통스러운 시간을 함께 이겨 내는 가족의 소중함을 다시금 일깨워 준다.

★한국출판문화산업진흥원 선정 세종도서 ★서울시교육청 어린이도서관 청소년 권장도서

72. 사과를 주세요 진희 외 지음

꿈과 현실 사이에서 당차게 자신의 길을 찾아 나선 청소년들의 삶을 이야기하는 네 편의 청소년소설이 실려 있다. 찬란하게 빛나는 청소년들의 굳건한 의지와 신념이 유쾌하고 따뜻한 시선으로 그려진다.

★제13회 푸른문학상 수상작 ★한국출판문화산업진흥원 선정 세종도서

73. 신라 공주 파라랑 김정 지음

고대 페르시아 서사시 「쿠쉬나메」의 시공간을 배경으로 한 역사소설. 낯선 이국 땅 페르시아로 건너가 사랑으로 고난을 극복하는 신라 공주 파라랑의 삶은 희망이라는 인간 본연의 메시지를 전한다.
★제1회 푸른문학상 수상작가 ★학교도서관저널 추천도서

74. 옥상에서 10분만 조규미 지음

제10회 푸른문학상 수상작가의 첫 청소년소설집으로, 관계 속에서 사소한 말이나 장난이 큰 사건이 되어 돌아왔을 때 겪게 되는 고민과 갈등을 섬세하게 다룬 소설 다섯 편을 묶었다.
★제10회 푸른문학상 수상작가 ★아침독서 청소년 추천도서

75. 별에서 별까지 신형건 지음

지난 30여 년간 아이들과 어른들 모두에게 사랑받는 동시를 써 온 시인의 작품 중 특별히 청소년들에게 공감을 살 만한 시들을 골라 엮었다. 자극적이지 않은 언어로 마음을 어루만지는 청소년시집.
★대한민국문학상 수상작가 ★한국출판문화산업진흥원 청소년 권장도서

76. 뱅뱅 김선경 지음

어른들은 몰라서 더 재미있는 진짜 우리 이야기, 지금 청소년들의 속마음을 거침없이 그려 낸 개성 강한 청소년시집. 긴 방황의 끝에서 진정한 자신을 찾기를 바라는 시인의 바람이 담겼다.
★어린이도서연구회 청소년 권장도서 ★아침독서 청소년 추천도서 ★학교도서관사서협의회 추천도서

77. 우리들의 실연 상담실 이수종 지음

실연 극복 프로젝트에 참가하는 다섯 명의 아이들이 서로를 보듬으며 사랑의 아픔을 극복하는 과정을 담았다. 청소년들의 마음결을 다독이는 위로의 목소리는 다시 사랑할 에너지를 불어넣는다.
★제12회 푸른문학상 수상작가

78. 연애 세포 핵분열 중 김은재 지음

꽃보다 아름다운 열일곱 살 청춘들이 진정한 사랑을 찾기 위해 나섰다. 아름다운 사랑을 꿈꾸지만, 사랑에 서툴러 좌충우돌, 고군분투하는 청소년들의 성장을 그린 여섯 편의 청소년소설을 한데 엮었다.
★제13회 푸른문학상 수상작가 ★학교도서관저널 추천도서

79. 데이트하자! 진희 지음

옴니버스 형식으로 구성된 다섯 편의 단편으로 이야기의 구조적 완결성과 섬세한 심리 묘사가 뛰어나다. 청소년 특유의 발랄한 일상과 그 안에 깃든 고민, 성장통을 따뜻한 시선으로 담아냈다.
★제13회 푸른문학상 수상작가

80. 세 번의 키스 유순희 지음

현대 미디어의 중심이 된 '아이돌'과 그들의 일거수일투족을 놓치지 않으려는 '사생팬'의 심리를 날카롭게 포착했다. 언제든 다시 출발선에 설 수 있는 청춘의 무한한 가능성을 깨닫게 한다.
★제8회 푸른문학상 수상작가 ★국어 교과서 수록작가

* 〈푸른도서관〉 시리즈는 계속 나옵니다!